문학과지성 시인선 270

둥근 밀떡에서
뜨는 해

김길나 시집

문학과지성 시인선 270
둥근 밀떡에서 뜨는 해

펴낸날 / 2003년 4월 18일

지은이 / 김길나
펴낸이 / 채호기
펴낸곳 / ㈜문학과지성사
등록번호 / 제10-918호(1993. 12. 16)

서울 마포구 서교동 363-12호 무원빌딩(121-838)
편집/ 338)7224~5 FAX 323)4180
영업/ 338)7222~3 FAX 338)7221
홈페이지/ www.moonji.com

ⓒ 김길나, 2003. Printed in Seoul, Korea
ISBN 89-320-1407-8

문학과지성 시인선 270

둥근 밀떡에서 뜨는 해

김길나

2003

시인의 말

어느 날의
낮달과 까치와 내 눈길과의 즐거운 만남
그러나 그 찰나의 우연은 이미 사라졌다
까치가 날아가고 없는 곳에서
달에 포개져 있는 까치
기쁜, 그리고 슬픈 반추

2003년 봄
김길나

둥근 밀떡에서 뜨는 해

차례

▨ 시인의 말

서시

입구와 출구를 아무도 모르는
말의 사원
흐르는 길에는
꽃들의 울음이 만발하는데
우리의 오래된 슬픔이 공중에 목을 달고
이 봄날 또 꽃으로 피어나는데
0時에서 0時로 가는
물안개 서리는 지상에서
몸 안의 길을 따라
몸 밖, 세상을 걸어가는
당신과 나의
한없이 쓸쓸하고 더딘 보행
몸이 꿈꾸는 죽음 곁에서
살기를 열망하는 마음이
울타리 넘어 몇 발자국 앞질러 가며
어서 오라고 손짓하는데

제1부

말의 사원

공중 벼랑을 소리 없이 기어오른다
가냘픈 나무 줄기는
캄캄한 지하 계단을 올라와 지표를 뚫은
더듬거리는 열정으로
지상에서 소용돌이치는 흙바람을
천천히 몸 안에 감아들였다
그리고 나무 안의
파도치는 길을 밟아 걸어나온 꽃이
자신의 얼굴을 조금씩 바깥으로 내밀고
바깥이 여릿여릿 꽃을 향해 휘어진다
꽃 주위가 붉게 상기되고 여린 것들의
상처 속에서 두근거림이 시작된다
흙더미에 짓찢어져 파묻힌 발이
흙에 핏줄 같은 길을 내는 동안,
몸 밖 휘어진 허공을 톡톡 퉁기는
저 손가락! 시퍼렇게 허공이 떨린다
파르르 꽃의 입술이 벌어진다
그리고는 허공을 찢는 저 붉은 혀
끝에서 말이 떨어진다 말의 寺院이
위험스레 벼랑으로 올라가 있다

서울시민의 날의 퍼포먼스
──난타

세종문화회관 앞 가설 무대에서
연무가 피어오른다

난타에 두들겨 맞는 관객들이 말 이전의
소리와 말 이후의 바람에 싸여 펄럭이는 사이,
난타로 눈먼 소리가 펄펄 끓는 냄비에서
한소끔의 꿈꾸는 거품들이 소리 없이 증발하는 사이,
도마 위의 물컹한 살이란 살이 모조리 난타로 다져져
섬뜩한 고요가 소리를 찢고 튕겨나오는 사이,
그래도, 제 흥에 못 이긴 난타가 춤추는 고추장 독을
열고
고추밭 한 장을 꺼내 펼쳐놓는 사이,
관객들은 상기되고
고추는 고추밭에서 붉어지고

　　호스피스 병동에서 꺼져가는 임종자를 껴안는
　　Jose Sandoval 신부, '명예로운 서울시민증'을
　　수여받은 그의 손은 고추들 서녘에 널리는
　　노을 속에서 환해진다

나는 그가 받은 꽃다발을 들어주면서
세계 음식 마당으로 건너와 멕시코의 타코와
몽골의 볶음밥을 먹는데
밥 파는 몽골 여자의 긴 머리카락을 타고
잠시 칭기즈 칸의 난타가 한 바람 흘러가는 동안
파도치는 여자들의 머리카락 끝에서
꽃떨기들이 벙그는 소리
그중 한 여자가 꽃 피는 머리채를 찰랑이며
흙 속으로 걸어 들어가는 소리
흙 속으로 조각가가 손을 넣어
여자의 꽃 핀 머리카락을 빗질하는 소리,
소리가 붙박인 세종미술관 조각작품 앞에 당도해
나는 어느새 부동하는 정적을 두리번거리고 있다

풀밭 레스토랑

풀밭에 식탁이 차려져 있다
그녀는 식탁 앞에서 버릇처럼 눈을 깜박인다
그녀는 떨리는 속눈썹으로 풀밭 한 뼘씩을
들어 올렸다 놓았다 한다
지상의 풀밭이 여기저기서 구름으로 숨는다
식탁에서 잘 익은 비프스테이크를 향해
그 남자가 포크를 들자 그녀의 빳빳한 속눈썹에
콕. 허공 두 조각이 먼저 찍힌다

식탁 위의 풍경들을 보셔요 식탁 위를 아롱아롱 굴러
다니는 햇빛 싸라기, 그 햇살 말아 감은 번쩍이는 나이
프, 지상에서 둘둘 말린 풀밭 두루마리 모형의 냅킨, 두
루마리 책 속 푸른 문자를 개조해 씌어진 다채로운 음식
목록, 사라지는 책들을 달구지에 만삭으로 싣고 창공으
로 날아간 소의 뿔, 그 뿔을 갈아 만든 오늘의 특별 수
프, 그리고 핏발 번지는 노을로 칵테일한 주황빛 샴페
인, 샴페인 잔을 마주치는 흥겨운 축배 또 축배를

그녀가 눈을 깜박일 때마다
햇살 한 줌 풀잎 한 스푼이 잘게 잘게 썰리고

그 남자의 나이프에는 살코기가 잘게 썰린다
그는 허공 한 조각을 두 손바닥 사이에 끼워 넣고
빠르게 늘렸다 좁혔다 한다
웨이터가 달려오고 있다

빛을 정지시켜놓은

빛이 흐르고 있는 동안은
시인의 눈물은 저장되지 않지
그런데 눈물을 물고 달아나는 빛을
과학자가 현란한 기술로 붙잡아놓았어
휘황해라 시적 상상력이 놀라운 과학자의
빛나는 날개는.

흐르는 빛을 정지시켜놓은 방 안에는 과학자가
마술 가위로 잘라낸 빛이 은사슬처럼 드리워졌어
빛다발 칸칸의 서랍을 열고
저장해둔 무한대의 정보와 눈물을 꺼내며
과학자가 유쾌하게 웃고 있어
빛가닥 속으로 레일이 깔리고
과학자가 빛을 잡았다 놓았다 하는 사이
열차가 레일 속으로 빨려 들어갔다 나오고
生의 한 토막씩을 뚝뚝 잘라내어 정지된 자신의
그때의 현재 속으로 열차를 타고 사람들이
우르르 몰려 들어갔다 나오고
휘황해라 정지된 빛의 세계는.

저 빛살 틈새
        과학자는 시인의 몽상을 정지시키고
허공의 배를 가르는 번개
        과학자는 꽃을 꽃으로 정지시키고
번개가 흘리는 저 북소리 징소리
        과학자는 제 生의 절정을 정지시키고

빛나는 무덤

달에는 슈메이커의
유해 캡슐이 묻혀 있고
무덤에서는 인광이 흐른다

달이 빛날 때 그것은
달에서 폭풍이 불고 있을 때다

밤새 울렁이는 달빛 파도를 타고
달리아가 내 방문 앞에서 꽃망울을 터뜨렸지
소금빛 부신 배꽃들이 금세 둥근 배를 하나씩 들고 있군
성냥을 그어볼까 네 살갗을 뚫고 나온 꽃바람에
불을 지르면 보이는 게 있을 거야
떨리는 네 젖가슴에 숨겨진 무덤 말이야

어제 산행 길에서 산불 번지는 산을 보았는데
혼이 다 빠져나가 나는 그만 주저앉고 말았지
산 위에 올라앉은 신전의 황금빛 기둥이
살을 핥는 살의 신음 소리에 벌겋게 불붙고
참을 수 없다는 듯이 달을 향해
직선의 암벽을 등반하는 사람들의

거친 숨소리가 어지럽게 들려왔어

이동갈비집의 불판 위에 누인 살코기
살이 지글지글 타오르는 벽제 화장터의
화염 위에서 달은 몇 번이고 자지러졌지
화염이 피워 올린 연기 위에서
잿더미 위에서
달은 또 얼마나 풍만하게 무덤으로 부풀어올랐던지

　　날마다 폭풍으로 회오리치는 달의
　　계곡에서 사람의 뼛가루가 날리고
　　밤마다 달은 조금씩 더 빛났다

　　어느새, 지구가 해를 백 번이나 돌아버린,
　　달무덤에서 한꺼번에 쏟아져내리는
　　나와 그대의 부서진 살빛,
　　달빛!

눈동자가 굴러가는 몇 겹의 꿈

　자면서도 눈동자는 굴러간다 時空의 두루마리가 눈동
자의 회전을 따라 좍 펼쳐지는데 감은 눈으로 비밀의 장
막을 들치고 그 안으로 너는 들어간다 다시 네 눈동자가
반 바퀴 구르고 네 실내의 밑 모를 바다에서 거품 방울
이 보글보글 끓어오른다 물기둥이 잠의 천장을 뚫고 치
솟는다 그 틈새에서 불쑥 심해어 몇 마리가 헤엄쳐 나온
다 의식의 단단한 껍질이 양파처럼 겹겹이 벗겨지고 개
펄에도 물이 차 올라 연체류의 조개들 푸푸 입 벌리는
사이, 바다에 떨어져 침몰한, 한때는 별이었을 붉은 불
가사리가 발기된 관족을 조갯살에 밀어 넣는다 그리고
불가사리들끼리도 전쟁이다 네 실내는 평온하지 못하다
불가사리가 불가사리에게 뜯어먹히고, 먹히고 남은 살
부스러기로부터 또 불가사리가 생겨나고 생겨나고, 바
다는 밤새도록 폭풍이다

　　네 꿈속에서 너를 꺼내 내 앞에 앉힌다
　　벌거벗은 네 모습!
　　그러나 네 꿈을 훔쳐보는 나를 내 꿈속에서
　　너는 꺼내지 못한다
　　더구나 꿈에서 꺼낸 너를 보고 있는 나의 꿈을

너는 흔들어 깨우지 못한다

잠 귀퉁이마다 둥둥 떠 있는 정거장에
한 무더기씩 꿈들이 부려지고
나는 이 중력 없는 우주 간이역에서
또 다른 이의 꿈과의 밀회를 꿈꾸지만
꿈속에서 이것이 꿈이라는 것을 나는 알고 있다

고래가 제 입속을 들여다본다

바다의 수평휘장이 쉼 없이 펄럭인다
(너를 감춘 네 장막은 조용하다)

수면 아래 파도극장에서는 수많은 극이
공연 중이다
고래의 입, 입이 물밑 파도를 잡아당긴다
고래의 수염에 업혀 크릴의 파도, 청어떼의 파도
파도가 숨가쁘게 잡혀 들어온다
(의식 아래 물속에서 부유하는 것들의 혼돈
사라지기 위해 떠도는 환영들의 한판 굿
고래가 다녀가나 봐
가슴이 파도 한끝을 타고 울렁거리는 걸 보면)

팽팽하게 팽창되는 숨결들을 한입 가득 머금고
고래는 그들의 전율하는 최후를 유쾌하게 관람한다
크고 작은 입들로 소용돌이치는 고래 입은 즐겁다
(물 밖에서는 너와 나의 표범들이 뛰쳐나와
표범의 방식대로 나뭇가지에 임팔라 사지를 걸어놓았어
붉은 입속에서는 날마다 장례식이 치러지고
오, 맛있는 세상)

불쑥 고래가 수평휘장을 찢고 바다의 문을 연다
우뚝우뚝 바다 한가운데서 분수가 치솟고
깊은 곳의 비밀이 얼핏 새나간다
고래가 저 세상 같은 물 밖 이 세상을
한껏 들이마실 때마다 이 세상을 건너가는
우리의 밥상으로 반짝이는 고래 눈알들이
톡. 토도독 떨어진다

애야, 밥 먹어라
맛있는 고래 눈알이 있다

신기한 여행
——야광 쥐

유전자들의 여행은 시작되었다
바다에서 환상의 발광체가 꿈꾸듯
하늘하늘 種의 경계를 넘어오고
형광 단백질의 해파리 유전자가 주입된
쥐의 몸속에서는 일대 혁명이 일어난다

낯선 바다 궁전 한 채 내일모레쯤
내 몸속으로 흘러 들어올 모양이야

각성된 세포들이 일제히 전등을 켜 달아
몸 안팎 구석구석을 비추고
온갖 비밀을 노출시키는 진풍경,
내 몸 가까이에서 밤마다 밤의 은밀함을
파괴한다 빛나는 네 몸은,
그대로 울음이 파도치는 캄캄한
섬이다. 홀로 떨고 있는 네 몸은.

구멍, 안과 밖을 잽싸게 들락이며
너는 왕성한 본능으로 빛을 밀어내기에 바빴지
검은 뱀같이 흐늘대는 어둠의 등허리를 타고 앉아

너는 환락의 번쩍이는 비늘을 뜯어 음표를 흩뿌리고
황홀해했지
네 입가의 수염이 스릴 넘치게 떨려날 때마다
상승하는 욕망은 이빨을 쑥쑥 자라게 했어
입술을 뚫을 기세로 뻗어나는 이빨
참을 수 없었겠지, 군침을 흘리며 닥치는 대로
한 겹 한 겹 미지의 살갗을 갉아먹는 너의 검은 강간은

　　이제 숨을 곳이 없다
　　밤은 도둑맞았다
　　구멍은 유실되었다
　　그리고 무덤에 가기까지는
　　쉬지 못한다

　　처절하도록 고독한 빛!
　　두려움으로 자지러지는
　　오, 발광하는 몸.

식충식물이 웃고 있다

꽃의 미학은 수정되어야 한다고
립스틱 붉게 바른 입술 사이로
살의를 완벽하게 감추었다
네펜다스라자,* 너의 유혹은 달콤하고
베일에 가린 너의 육체는 황홀하다
무덤덤한 일상을 뒤집어놓기 위해 너는
무엇이든지 하지. 꿀 발린 키스를 퍼부어
평범의 옷을 걸친 상식을 살육하고,
지독한 향기와 빛깔이 넘실대는 네 관능의
늪 위로 누군가를 스릴 넘치게 눕히려 하고 있어
출렁이는 너의 눈, 꿀물이 출렁이는 네 안의
연못. 누군가 밤을 가로지르고 제 그림자를 건너뛰어
네게로 가고 있다 새벽달이 살짝 눈을 감을 때
네 꽃잎이 활짝 벌어지고 그가 꽃에 가 닿고……

그는 드디어 맨발로 꽃 속으로 걸어 들어간다
눈 깜짝할 사이, 그의 맨몸은 꽃 속 벼랑으로
미끄러져 퐁당 연못에 빠져든다 순간,
천천히 꽃잎을 닫으면서 꽃이 통쾌하게 웃는다

* 네펜다스라자: 식충식물의 이름.

28

천 년의 연대기 1

천 년의 층계가 놓인 내 몸 안에는 천 년의 연대기가 날것인 채로 걸려 있지. 살 밑에서 잠들어 있던 오래된 사람들이 천 년 층계를 밟고 줄지어 걸어 내려오고, 그들의 시든 입술이 벌어져 내 살 아래 핏줄로 흐르는 천 년 강줄기를 따라 저 아득한 벼랑에서부터 우르릉 쏟쳐 내리는 말들의 폭포수, 울음으로 부서지는 울음의 포말을. 어느 날은 늑골에서 찬 기운 스며 나오는 천 년의 침묵, 천 년의 핏빛 고독을. 내 살의 굴헝을 들여다보는 나는 소란하고 적막하다

갈비뼈 고랑에 손가락을 넣어본다 전사로 출정한 낭군을 기다리며 밤마다 눈물 훔쳐 부르튼 고려 여인의 손등을 가만히 어루만져본다 금빛 물결 일렁이는 벼이삭 곁에서 분노 대신 웃음을 퍼내는 가난한 농부의 조선 땡볕에 그을린 구릿빛 팔뚝도 쓰다듬어본다 그리고 또 들리는 것은 풋푸른 보리 빛에 푹푹 젖가슴까지 빠져들던 가시내 머슴아 한몸 엮어 뒹군 보리 이삭 자지러지는 소리다 그러나 흙은 몸이 애달픈 추억으로 간직할 그리움으로 깔린다

천 년의 연대기 2

추억 바깥에서 단박에 타오르는 휘황한 횃불, 횃불에
황홀하게 혹은 고통스럽게 녹아드는 뼈, 밀봉된 몸 안의
비밀이 줄줄이 새나오고 자전하는 지구의 시공이 단축
되고 휘어진다 그리고

몸 안의 별을 밖으로 불러내는 월요일의 세레나데
가공된 꽃들을 춤추게 하는 화요일의 축제
쾌락의 폭탄을 몸 안에 장착하고 폭발시키는
수요일의 특수 프로그램
맞춤 유전자들을 매매하는 목요일의 암시장
몸 안의 천 년 벽화에 확 전원이 켜지는
금요일의 불꽃놀이
몸의 비밀을 몰래 베껴내고 생각의 비밀을 훔치는
토요일의 커닝
서로의 뇌를 원격 조정하는 일요일의 무혈 게임
그리고 다시 떠오르는 제8일의 태양

제2부

오래된 슬픔

검푸르게 번들거리는 물 위로 백조의
긴 목이 희게 떠다닌다
천 개의 어둠의 계단을 올라온 꽃줄기가
수면 위로 떠올라 연꽃이 핀다

거울 속으로 들어간 백조는 목이 꺾이었다
연꽃은 꽃잎을 닫고 내 얼굴은 보이지 않았다
허상과 실상 사이에서 나는 발목을 삐어 넘어진다

거울에서 해가 지자
의식 너머 저 아래 물속 미궁에서
꺾이고 닫힌 것들이 웅성대는 소리
꿈의 스크린에 펼쳐지는 영상과
암호 같은 자막으로 나는 잠 속에서도 출렁댄다

삐걱대고 올라온 계단 끝에서 눈을 뜨면
겨우 터뜨려지는 말 송아리
그 말들이 맴도는 언저리에 겹겹이 안개가 덮치는
가슴 안에는 오래된 슬픔이 쭈그리고 앉아 있다

손 떨리는 투망질

기하학에 능란한 거미들이 거미줄을 뽑아내어 사방에 내걸고 안개 고속망이 지상을 뒤덮고 있어요 사람의 손가락 틈새에서, 축축한 구멍마다에서 색색으로 새어나오는 유색 안개는 땅으로 낮게 깔려 길 쪽으로 몰려 흐르는데요 내 집 방문턱으로도 기척 없이 드나드는 안개 노선은 방 속의 방, 그 방 속의 방방에 겹겹이 뻗어 있어요 내 시야에서 평면의 길을 걷어내고 선명한 형체들을 사라지게 하는 煙霧가 無와 有를 덧칠하고 뒤집으며, 보이고 안 보이는 지평 이편과 저편에 대한 쟁론을 펼쳐놓았어요 그런데 마음이 마음을 안개방에 숨겼어요 왼쪽 눈이 오른쪽 눈을 숨겼어요 나는 겹겹의 안개방에서 어느새 술래가 되어 있었지요 누가 누굴 찾니? 안개 밖에서 어느 때는 또록또록한 목소리가 들려오기도 했지만 왠지 내 원초적 더듬이는 조금씩 잘려나갔어요 파토스가 만발하는 안개 밀도 짙은 지밀에서는 눈먼 꽃떨기들이 몽롱하게 쏟쳐내리는 폭포수 소리 새어나오고요 취한 보랏빛 연못으로 내려간 나르키소스는 안개잡이 어망을 던지는데요 수면의 캄캄한 거울이 깨지고 얼굴이 실종된 나와 당신이 거품 이는 소요 속에서 얼굴 없이 마주 보고 있어요

삼각형과 놀다

아이가 처음 종이에 그리는 삼각형
세 모서리가 다 불안하다
비뚤비뚤 시끄럽게 봉합된 모서리마다에서
파랑이 인다
갇힌 물살이 뛰쳐나오려 모서리로 몰려 소리친다
날이 저물고 아이는 잠이 든다
세상을 훔쳐본 아이의 눈동자가
천연색 꿈을 돌리며 굴러가고
바퀴 달린 삼각형 안에서는 비단뱀이 요동친다
벌거벗은 남자와 여자가 구불거리는 뱀의
파동을 타고 희락과 고통을 뜨겁게 끓여내는 동안
밤의 구석구석을 대각선으로 쪼개는 빛이
뻗쳐 일어선다
아침이 오고 아이가 눈을 뜬다
밥을 먹고 웃다가 울다가 그러면서
삼각형 그림을 갖고 논다
그리고 무심히 종이 접기를 한다
꿈틀거리며 들고 일어서는 세 모서리를
위로 접어 올린다 그러자
삼각 기둥에서

용이 발톱을 세우고 일어나 앉는다
아이는 삼각형이 삼각기둥으로
일어서는 게 놀라워 두 눈을 빛내고 있다

어둠의 꽃가시

병원에 가서 골밀도 검사 받았다
의사는 노출된 뼈에서 구멍을 찾느라 바쁘다
그러나 찾아내지 못할 거야 내 의식의 다공증은.
생각에 구멍이 뚫리다 못해 어느 날은
텅 비어 생각 없는 생각이 空으로 남을 때……
마음이 육체를 남겨놓고 온데간데없게 될 때……
마음은 남고 육체가 온데간데없게 될 때……

순간, 내 뼈는 눈앞에서 어디론가 사라졌다
뼈를 다시 주워 담고 마음을 챙겨 담고
덜컹덜컹 차 타고 집에 돌아와서 방문 닫았다
정전인가. 방마다 불 나가고
융단처럼 번들거리는 어둠이 불시에 온몸을
덮는다 어둠을 꽃으로 단 캄캄한 나무들이
사방에서 솟아올라 빽빽이 나를 에워싸고 돈다
내 온몸이 숨 막히게 조여온다
밀도 짙은 이 어둠의 꽃에는 구멍이 없다
어둠의 폭죽으로 만개한 꽃가시가 주삿바늘로
살에 꽂힌다 주사액이 몸에 퍼지고
나는 아늑한 모천으로 흘러 들어간다

생애를 역류해 혹은 앞질러
내 생명 앞뒤에 붙어 있는 무덤과 자궁으로
빨려 들어간다. 일곱 겹의 빛깔이 하나의 빛으로
하나의 빛이 어둠으로 녹아 들어간 일곱 겹
자궁 안에서, 자궁이 감추고 있는 무덤,
무덤이 감추고 있는 자궁 안에서
수억 년 동안 달음박질해온 탯줄을 물고
죽음을 물고 무지와 無明조차 모르는 평화의
해류에 지금 둥둥 떠 있는 저 아가는 누구?
(밤마다 자궁 막으로 침대에 휘장을 드리우고
나 없는, 나 이전과 이후의 세상으로 나를 데려가
영원 같은 자장가를 들려주는 저 낯선 아가는?
수술대 위에서 성난 꿈의 맹장을 떼낸 칠흑의
잠을 들고 미끄러운 이 세상 産門 밖으로 나를
밀어내며 방싯방싯 웃고 있는 저 아가는 누구?)

어둠의 밀도만큼 개화하는
꽃가시에 향불 타오르고
주삿바늘이 살을 건너 뼈에까지 닿는다

분향하는 뼈의 성전
뼈가 타 들어가는 뼈의 燔祭

어둠 속의 어둠의 절벽을 응시하는 내가
절벽 끝에서 이제 나는 없다고 말하는 내가
아직 나는 여기 있다고 말하는 내가
뼛가루 한 줌 미리 들고
전등불 나간 방에 나란히 앉아 있다

미명의 아침

미명의 창 앞에 안개가 이불처럼 덮인다
낯선 간이역에 도착한 바람이
낮게 중얼거리는 말도 펄럭임 한 자락 없는
이 안개의 나라에서는 도무지 알아들을 수 없다
잠에서 덜 깬 나는 사방을 두리번거리며
안개를 아침밥처럼 떠 먹는다
지난밤 달빛에 덴 속살을 안개옷에 감춘
사람. 그 옷자락을 휘장처럼 펼치며 이쪽으로
걸어오고 있다

내 안의 未明이 걸어나간 어두운 길을
소리 없이 따라온 가시울타리, 살이 찔리고
그 울타리에 미망의 옷가지들이 널려 펄럭이는데
한사코 미래에서 오는 햇살은 눈 뒤쪽으로 비켜선다
누가 굴뚝마다 저토록 많은 허무의
깃발을 꽂아놓았는지
사람들 안의 산 하나씩이 타고 있는
산불, 悅樂의 적쇠에 살을 굽고 굴뚝으로
뽑아 올리는 폼페이의 저 불의 悲話.
연기 자욱한 지상 길에 질편하게 드러누운

그림자들, 뼈 없는 긴 그늘을.

그러면 좋다!
눈이 캄캄한 이 미명의 아침 뜨락에
우는 귀 하나를 물음표로 걸어두기로 하지
장막 안에서 사물을 깨우고
내 이름을 불러내는 微明의 신호 소리가
장막을 찢고 언뜻 새어나오기도 하는,
안개가 감춰놓은 흐름의 행방
한없이 뒷걸음치며 맴돌며
머뭇거리며 귀, 귓속으로 걸어오는
그 느린 걸음을 위하여.

숨바꼭질

꼭꼭 숨었다
네 뒤에 숨고 나무 뒤에 숨고 벽에,
내 안에 숨은 나를 나는 너라고 부를 테다
(평생을 더듬는 일로 소진하고 말 건가?
라고는 묻지 않기로 하지)
더듬는 내 손바닥을
새가 상처 난 날개를 절름거리며 쪼아댄다
손바닥에서 피가 나고
동물성과 식물성이 함께 들어앉은 핏물에서
생선 가시를 단 장미가 붉게 피어난다
술래는 아프고 장미의 입술은 더 활짝 벌어진다
누가 내 신경줄의 얽힌 현을 지금
낱낱이 풀어내어 문지르고 있나
숨은 자와 술래를 통째로 연주하는 소리의 빛깔!
을 볼 수 있게 누가 내 눈을 열어줘

내 눈으로 드날리는 모든 둥근 것들,
사과의 둥근 조율을 위해 사과나무는 시방 햇살과
빗줄기를 과육 안으로 감아 돌리는데
둥근 조율로 가는 선 몇 가닥이 끊긴 걸까

너와 나는.

햇빛 달빛을 끌어 잡고
난 바다에서 파도타기 하는 너를
빛이 쓰러지는 포말 아래에 더 깊이 숨기며
거대한 파이프 라인으로 도르륵 감아 돌리고 있어
둥근 시간의 바퀴는.

꿈 없는 뼈로 버티고 서는 너를
어둠과 암초가 부딪쳐 부서지는 삶의
파도 안에 더욱 깊이 숨기며
절망과 희망을 둘둘 말아 리듬 서늘하게 돌리고 있어
둥근 심장의 펌프는.

넘어진 잔해, 서핑보드는 그대로
생의 바다로 떠내려가게 내버려두고
물에 잠긴 너의 가쁜 숨결만
콧구멍으로 친친 감아올리고 있어
김발 서리는 슬픈 숨바람은.

그래, 좋다! 숨은 자여 더 꼭꼭 숨어라
술래가 간다
물 깊은 곳으로 가라앉고
겨우 고요해지는가 하면 고요의 한끝이
가 닿는 폭풍을 붙들고 솟아오르고
인식과 사랑의 어지럼증 도는 소용돌이 沼에 빠져
허우적거리며 다시 바닥으로 내려가고
그 바닥, 외눈박이 죽음이
거대한 자궁을 벌리고 있는 그곳에
너 벌벌 떨고 있니?

술래가 숨는 자보다 먼저 자궁으로 풍덩 빠진다
그러나 그런 일은 아직껏 일어나지 않고 있다

계단 1

나는 공항 입구 육교 위에 있다
지금은 육교 아래 지상으로 내려온다
지금은 또 송정 전철역 지하 계단을 내려간다
그리고 지하에서 지상으로, 지상에서 공중으로
지금 숨을 몰아쉬며 계단을 올라간다

시공의 간격이 내 눈 앞에서 사라지고
삼 층 계단이 한 층으로 포개어지자
죽은 내가 지하에서 걸어나와 지상의 내게 말을 건다
그리고 지상의 나는 공중 계단을 오르는 나를
햇빛공원에서 불러 내리고 본능의 맨살인 나를
원시의 동굴 속에서 불러 올린다
그러나 공중에 높이 들리운 건 사람의 아들이지
지상에서 타오르는 야성의 불길에 오늘도
번제물이 타고 있어
제단에 끝없이 놓인 계단
밤마다 나는 아래쪽 계단 한 모퉁이에 엎드려
잠이 들곤 했다
토막토막 빛이 잘려나가는 포효 소리가
지층을 뚫고 몸을 흔들어댔다

계단 2

지하의 동굴은 깊다
한 마리 짐승처럼 살 속으로 내려가는 열차 한 대
동굴 계단으로 굴러 떨어져 문드러진 어제의 풍경과
그 어제 너머의 얼굴들이 시퍼렇게 눈뜨고 있는데
바람의 유적지에 고여 도는 캄캄한 생의 유물을 싣고
광기 어린 언어, 그 불륜의 사생아로도 태어나지 못해
어지럽게 떠도는 정충들의 혼돈을 싣고
칸칸마다 충혈된 유리창을 덜컹거리며 가슴으로
치밀고 올라오는 열차 한 대

그러나 흐르는 것들은 지상에서 흐르고
나는 것들은 공중에서 날지
죽은 것들도 죽지 않은, 창공에서는 보이지 않는
저 모든 것들이 살아 있는 날개인 게야
그러니까 누구나 자기가 기르는 새 한 마리를
공중 사원에 숨겨두고 있지
공중의 길 한 가닥을 날개에 단 새가
저항 없이 착지할 때면 그 매서운 부리로
제 살을 쪼아 다른 꺾인 날개들에게 먹이기도 하는데
그때에는 꽉 닫힌 일상의 문 하나가

가벼이 열리기도 하지

캄캄한 동굴과 푸른 창공 한 조각을
몸에 함께 지니고
지상에서 화해, 아니면 싸움의 전사가 되는
사람, 사람 사이에서
나는 한 번 더 아득한 계단을 올려다보았다

미라 박물관에서
──마주 봄

　멕시코 과나후아토의 미라 동굴 속은 어둡고 음산하
다. 최후의 날의 비명을 삼킨 미라들의 뻐드러져 나온
이빨에서 절명의 참혹함이 번득인다. 만지면 재가 되어
사그라질 듯 아슬아슬하게 매달린 성기 끝에서 줄줄이
풀려 나온 탯줄의 행렬이 어디론가 빠르게 흘러가고 있
다. 저 찢어진 입이 한 생애 동안 뱉고 삼킨 말과 밥. 동
굴 속은 삽시간에 死者들의 삭은 밥그릇과 무성음의 언
어로 가득 차 오른다 동굴 속을 걸어가는 산 자의 행보
가 기우뚱 서쪽으로 기운다.

미라 박물관에서
——GRACIAS

동굴 속 어둠에 눈이 익어간다
밝아진 눈으로 자세히 보니
미라 G가 바로 내 앞에서 나를 응시하고 있다
그는 내 눈. 코. 입.을 뜯어내어 따로따로
제 곁에 진열해놓겠노라고 벼르는 눈치다
온몸이 근질근질 따끔따끔하다
미라 R이 네 본시 출입구가 하나냐 둘이냐고,
유리병 속에 담긴 제 몸뚱어리 쪽으로
자석처럼 나를 끌어다 붙이며 묻는다
맞은편 미라도 서슬 푸르게 덤빈다
네가 네 출구를 찾아 동굴을 헤매는 동안은
우리와 함께 머무는 동거인이지 그러니
네 몸 안에 들어 있는 온갖 전시물을
내장을 훑어내듯 날것인 채로 들어내 연대순으로
우리 곁에 나란히 펼쳐놓을 수도 있지
미라 A가 번개처럼 말 화살촉을 내 등뼈에 꽂는다

박물관 동굴을 중간쯤 더듬대며 걸어 나오는 동안
등줄기에서 쌩하게 바람이 일고 바람의
두루마리에 둘둘 말린 과거의 시간이

멈칫멈칫 말을 걸어오고……
앞뒤 없는 바람 속에서야, 암, 눈 깜짝할 사이지
진열장 안팎이 바뀌는 것은.
살을 입어 생시 모습으로 서 있는
아, 저 저 미라들! 그대들이 시방
우리를 미래에서 온 미라라고 부른단 말이지

미라 C가 생전의 얼굴로 걸어 나오는군 긴 손가락을
내 옆구리로 밀어넣고 끄집어낸 게 기껏
녹아 형체도 없이 흐늘거리는 추상화 몇 폭,
눈물샘과 혈관에서 건져 올린 물의 풍경화 몇 점이라니
그러나 삭지 않고 벌겋게 부어 있는,
기억의 방부제로 아침마다 생생하고 밤마다
이스트로 부풀어오르는 내 안의 무서운 미라를
생시의 근육질 팔뚝으로도 정작 끌어낼 엄두를 못
내는지
미라 I는 눈을 지그시 감고 그냥 스쳐 지나간다
예의 없는 미라 A는 살빛 불그레 제 구멍들을 부풀려
내 지하 미로로 통하는 계단을 숨차게 내려가지만
삶과 죽음을 통과한 통달의 보폭이 무색하게시리

계단 중반에서 길을 잃고 미끄러져 넘어진다
I와 A 곁에 나란히 서서 구경하던 S가 갑자기 달려들어
나에게 유리 옷을 입히고 진열장 문을 아주
닫아 잠그려는 바람에 나는 정신을 차리고 서둘러
박물관 어둔 동굴 속을 빠져나온다
현재인 제자리로 되돌아와 일렬로 나열된 미라들의
목소리가 등 뒤에서 크게 울렸다
당신의 전시실을 잘 관람했어요
감 사 합 니 다

몸 안의 전시실
——입구

심장의 박동을 따라 몸에서 흘러나오는 소리
그 소리가 내 귀와 눈을 몸 안으로 끌어당긴다
소리는 어느 날, 푸른 안개를 젖히고
심장에서 언어로 익어 흘러내렸다
정신이 몸 안의 유물을 찾아가는
여기서부터는 문도 벽도 없는 미궁입니다
시간의 공법으로 축조된 계단마다 한 세기의 유적이
사라진 풍경 뒤의 풍경으로 조을고 있는 여기서부터는
죽음 없는 나라의 깜깜한 시간 여행입니다
나는 정신을 가다듬고 앞을 보았다
벌써 횡렬로 나열된 수많은 엘리베이터들이
문들을 활짝활짝 열고 어서 들어오라고
신호를 보내온다 엘리베이터들은 각각
서로 다른 코드의 표지판을 달고 있다
혼례방, 아기집, 수억 년 동안의
생명 박물관, 꿈 상영실……
나는 정신이 아찔해 입구에서부터 길을 잃고
미끄러졌다. 생성과 소멸의 프로그램이 쉼 없이 작동
하는
이 流轉하는 우주를 단순하게 전시실로 착각한 것은

순전히 나의 우매함이었다
나는 그날 밤 잠들지 못했다

몸 안의 전시실
──별

배꼽에서 넘실대는 바다, 바다 속 별밭
애야, 사람이 별에서 왔다는구나
그러기에 몸 안에서도 밤마다 별이 뜬다는구나
별이 죽어 예까지 온 수십억 년의 길, 애야,
그동안 너 어디 있었니?
불현듯 시조새들의 날개를 토해내는
저 허공에서 원시 바다가 떠돌고
원시 물고기들의 비늘이 서늘하게 반짝이고
들어봐! 그때의 그 허공 한 폭
진즉, 몸 안으로 내려와 출렁이는 걸.

힘센 공룡들과 키 큰 겉씨식물들을 밀어낸
나무들의 혁명으로 꽃 피는 세상을 이루었을 때도
그 꽃들 사이에 너는 없었지만 몸은
그때를 기억하고 있지
푸른 사슴이 그 후손에게 전했다는구나
숲 속에서 알몸으로 뛰어다니는 너를 본 적이 있노라고
그 후 너는 푸른 사슴을 때려잡고
돌그릇으로 피를 받아 마셨다지
피 묻은 돌그릇이 유물로 놓인 몸 안의

전시실에 짐승들의 울음이 떠다니고 그 위로
곡식 낟알들이 떨어져 얹히는데
별에서 나온 오래된 길이 길게 굽이쳐 흐르는
그 깊은 곳에서 물로 불로, 그리고
빛의 파동으로 씌어진 인간 신화가 이미
전설처럼 몸속에 전시되어 있다는구나

몸 안의 전시실
──혼례방

성채가 허물어진 불꽃 궁전에서 새들이
날아올랐으므로 내 핏줄에 포개져 있는 누대의
혼례청이 온통 새들의 낙원이 되었다

동백꽃 속에서 파도 철썩이는 밤
아버지 어머니의 혼례방으로
아기인 내가 아장아장 걸어 들어오고
젊은 할머니 할아버지의 수줍은 혼례방을
나이 든 내가 슬쩍 들여다보고
그 아버지 어머니의 끝없는 혼례방이 층층이 쌓여
천장 없는 전시실 중앙에 탑으로 우뚝 솟아 있다
그리고 탑을 이룬 혼례방 앞에는 벌써 미래에서 온
얼굴 없는 아기들이 줄을 서서 미래의 언어로 노래를
부른다. 그런데 새들이 보이지 않는다

과거의 대열에서는 과거의 언어로 깨어나는
사람들. 그들 한 생애의 고산 지대와 골짜기,
그 그늘 짙은 굴곡 사이에서 노동의 이야기와
더러는 별리의 비애까지도 새겨진 핏줄의 역사가
도도히 이어져 대동맥으로 흐르고

의식, 그 단절의 무게로 실핏줄이 터져 뭉칠 때
내 살갗 위로는 붉은 피멍울들이 돋아나곤 했다
나는 어혈로 얽혀든 어느 비망록에 부항을 뜨고
끈적이는 검은 피를 뽑아낸다 그리고
살의 세포가 간직하고 있는 오래된 목숨들의 기억을
나는 꿈꾸는 밤마다 꿈속에서 맨손으로 더듬었다

생명의 고리로 이어지는 몸 안의 전시실에서는
혼례탑의 방마다 한꺼번에 초야의 촛불들이 펄럭이고
시방, 생명의 한 고리를 넘어가는 사람은
그 보폭이 떨린다

몸 안의 전시실
──아기집

섬들이 공중에 떠 있다 공중에서 빛나는
별들, 쭈글쭈글 늙어 주름 잡힌 억겁의 고독 하나
터졌다 몸 안으로 들어와 떠도는 별 부스러기가
흩어진 제 조각들을 부르는 목쉰 소리는
별빛으로 흘러 빛난다
깊은 밤에는 사람이 제 안에서 터지는
폭죽 소리를 듣고 사랑을 불러들인다
그리고 만월로 차 오르는 자궁 속에서
물이 빛난다
합일과 분열, 분열과 생성, 그 불가해한
창조 프로그램이 진행되는 자궁의 풍경에는
은유와 상징은 없다
숨 가쁘게 형체를 갖춰가는 명료한 생명의
세계를 아무도 몸 밖에서는 투시하지 못한다
누가 제 처음 자리를 보았다 말하리

몸속 아기집에
참을 수 없는 에너지의 특이점 하나 착상되고
빅뱅으로 새 우주가 열리고 심장의
첫 펌프질 소리가 생명의 첫 탄성으로 터져나오고

어둠의 심연을 박차고 올라와 뚫린다 구멍들,
입 코 귀 항문……
아, 저기 저기서 솟아난다 손가락 발가락
물질과 의식의 임계점을 꽁꽁 감추고
생의 길을 미리 절반쯤 휘감으며 정교히
주름 잡히는구나 뇌세포
정신이 태어나는 신전 지붕 위에서
봄풀처럼 돋아나는 여린 머리올

길은 아득해 생명에 닿지 못할 뻔도 했지
꼭 그 순간의 합일이 아니었더면
無로 남을 뻔한 아슬아슬한 우연
그러나 이것은 우연을 가장한 생명의 비밀이지
등 돌리고 선 영원과 허무의 두 골대 사이로
날마다 해가 뜨고 강물이 흐르는데 바람의
깃발을 들고 골문을 향해 발 빠르게 달려오는
살아 있음의 저 붉은 함성

항상 현재 진행형으로 열려 있는 아기집에서는
오늘도 사람의 두뇌가 마악 생겨나고

두뇌에서 생각이 생겨나고
혀가 지금 막 생겨나고
혀에서 말들이 생겨나고
눈이 마악 생겨나고
눈에서 시선이 생겨나고 생겨나고

거대한 지구자궁 속에서
심장이 닫히고 구멍들이 닫히는
사람들. 움켜쥔 두 주먹 풀고 혼자씩
이 지구 産門 밖으로 미끄러져 나가고 나가고
생생 아기집에서는

몸 안의 전시실
──생명 도감실의 공용어[A. G. C. T.*]

네 몸이 내 몸에게 말 건넨다 나는 몸의
공용어를 알아듣지 못한다 몸속 세포는 세포끼리
말 나눈다 나는 세포들의 대화록을 읽지 못한다
몸 안에서 생명 도감실의 문이 열렸다
진화의 가파른 나선형 계단이 보이고 거기
진열된 생물들이 동일한 모국어로 인사를 나누지만
나는 그들의 모국어를 알아듣지 못한다
그러나 물고기는 초파리의 말을 잘 알아듣는다
침팬지가 새들의 말을 몸으로 알아듣는다
오랫동안 비장된 생명의 기호를 눈 밝은 사람들이
신비의 휘장을 젖히고 꺼내들었다
유전자들의 공용어로 건국된 신로마 제국으로
길이 길을 데리고 들어오고 유전자 여행은
즐겁다. 어디로 가느냐고 마침표 없는 길에게
길이 묻는다 생명 도감실 최상부에 걸려 있는
인간 게놈 지도 속에서 그림자 없는 사람과
그림자 둘 달린 사람이 나란히 걸어나올 차비를
서두르고 있다 노출된 몸은 지금 비상 중이다

* DNA 구성 염기인 adenine, guanine, cytosine, thymine의 약자.

몸 안의 전시실
──얼음꽃

바깥의 끝이 몸 안의 끝을 팽팽히
잡아당겼을 터이다 몸이 극지로 딸려온 까닭은.
극한으로 딸려온 몸은 고열과 오한이다
시야 너머, 너머로 눈이 얼어붙고
눈 속에 갇힌 붉은 욕망이 얼어붙는
결빙.

몸 안 극지의 두 풍경,
정복자의 이글거리는 야성, 그 곁에
나란히 놓여 있는 백야의 꿈
해가 지지 않는 황금의 빙벽 위로
황홀한 에로스의 극광이 넘실대고
또 극지 한쪽에서는 순결이 눈부신 만년설이
펼쳐진다 그러나 흰빛 순결을 집어삼키는 무서운
힘. 단박에 부풀어오른다 정복자의 男根은.
말단 비대증으로 한없이 커진다 입과 손이.
지폐 다발 움켜쥐는 정복자의 천막에서 살이
살을 문질러 불 켜는 소리, 불 밝은 젖가슴에서
뜨는 달을 숨차게 퍼먹는 소리. 극지는 뜨겁고
소란하다 이 극지까지 온몸은 몸이 꿈꾸는

죽음을 훔치고 천막은 걷혀졌다

요동하는 살이 빠져나간 뼈 속에서
얼음꽃이 피어나는 고독한 신음 소리가
극지에 떨리는 선율로 흘러 퍼진다

구멍 뚫린 생, 구멍 뚫린 세계,
크레바스*의 칠흑 절벽을 건너온
몸속에 얼음꽃 한 송이
싱싱하게 피어 있다

* 땅이 갈라진 틈.

몸 안의 전시실
—꿈에 감긴 길 타래

꿈에 감긴 길 타래가 술술 꿈 밖으로 풀려나오고
몸 밖으로 뻗어나오네
길이 양쪽으로 풍경을 달고 달리고
내가 그 풍경 속에 담겨 너를 배경으로 펄럭일 때
펄럭인다는 의미는 지워지고 펄럭임만 흐를 때
그때, 눈동자 뒤쪽 익어가는 어둠 속으로
아침 노을이 뒤집히고 지붕들이 거꾸로 처박히네

길이 시간을 돌리고
시간이 길을 돌리네
길 없는 달이 중얼거리며 눈동자 연못으로 빠지고
강물을 물고 길 한끝이 빨려 들어오고 들어오네
그러자, 겨울 봄 가을 여름이 눈앞으로 몰려나와
나란히 펼쳐지고 이게 나였니? 이게 나란 말이지?
연둣빛 이파리와 단풍 든 잎사귀가 서로 마주 보고 묻네

눈동자 지나, 몸 안으로 들어온 길이 심장의
펌프질에 감겨 돌 때에는 몇만 리 핏줄의 길가 창문에
낯익은 사람들의 도란거리는 불빛 줄줄이 매달려 흔
들리네

눈 감으면 길이 꿈을 뚫고 들어오네
꿈속 길이 또 꿈을 뚫고 들어오고
겹겹의 꿈속으로 들어올 때
허공에서 뻗쳐나온 흰 손 하나가 지상과
지상 너머 그 사이 막 휘장 한쪽을 살짝 들치고 있네
그 틈새에서 물로 된 별들이 출렁이네
별에서 살고 있는 죽은 내가 지상에 살아 있는
나를 감싸안고 물 위를 걸어나오네
몸 안의 전시실에는 길의 비밀 회로가 흐르고 있네

3부

0時에서 0時 사이
──둥근 바퀴

제자리에 가만히 서 있지 못한다
둥글게 앞으로 굴러가는 바퀴

0時는
직진만을 위한 완고한 직선들을
사정없이 잡아 휘어
生의 예각을 쪼아 지운다

시간을 집합하고
시간을 털어낸다

우주 속에서
자전하는 둥근 시간
꽉 차고 텅 비는
교환이다
지상의 길이
0時에서 0時로 가고 있다

0時에서 0時 사이
—— 경계와 무경계 틈새

방금 무섭게 격동하는 아기집을
빠져나왔다
벼락치듯 금방 이 세상의
産道를 빠져나갔다
팽창하고 수축하는 0時의
구멍으로 빠르게 사람들이
들어오고 나간다

0時
세상 안팎에서
웅성대는 무성음이다
어둠의 최저 심해로부터 솟아오르는
빛이 0時의 구멍에서
수만 갈래로 찢겨져 나와
침묵의 폭죽으로 일렁인다

마침표 없는 또 다른
이동, 0時
가시 돋친 울타리가 넘어진다
울타리 없는 0時에서 0時 사이

0時에서 0時 사이
——합죽선

합죽선을 펴 들었다
바람의 뒤쪽으로 키 큰 대나무들
맨살을 비비고 선다
다가온 저녁이 등짐을 내려놓는 동안
어둠이 문 밖에서 잠시 머뭇거린다
백 년으로 가는 길가 驛舍마다에서
첩첩이 피어난 댓잎 무리
제 빈 몸통에서 흘러나오는 바람의 연주를 걸치고
대금 산조 가락으로 떨고 있는데
그 칸칸의 빈방을 딛고 올라오는 대꽃은
한 생애의 미망에 가려 보이지 않았다
불 꺼진 밤마다 안방 창호지에 어른거리던
고독이 댓돌에 놓인 호젓한 신발 신고 뜨락의
달빛 사이를 빠져나오자 합죽선 댓살 끝에서
또 한 번 샛푸른 바람이 풀려나온다
두루미가 놀라 푸드덕 날개를 편 것이다
0時 넘어 어느 후생의 하늘로 날아가는 두루미

합죽선이 몇 번 접히고 펼쳐졌다
한 생이 접히고 펼쳐진 것이다

71

0時에서 0時 사이
——사진틀, 안과 밖

앞집 창은 언제나 먼저 열려 있다 흰 저고리 입은 여자가 장식장 위에 올라가 정지 상태로 앉아 있다 날마다 변함없이 그 여자는 사진 속에 들어가 있다 그런데 어느날 아침 그 여자가 햇발 몇 오라기를 창에서 끌어당겨 참빗질을 하고 있는 걸 보았다. 고전풍의 긴 머릿결이 잠시 여울물로 일렁이다가 회오리치다가 생각났다는 듯이 뒤쪽으로 흘러간 옛길에서 그 여자가 아기와 소녀, 꽃각시로 동시에 걸어나오고 서로 부둥켜안고 왁자지껄 떠드는 소리 골목 하나를 가로질러 내게로 섬광처럼 달려왔다 이 장면이 갑자기 멈춰버려 사각형 사진틀 속으로 들어가 박히지만 색동저고리나 남빛 회장저고리는 나이 든 흰 저고리 뒤로 돌아가 숨어 눈으로는 보이지 않는다

바람이 불어왔다 창문들이 덜커덩거리고 여자의 생머리가 헝클어졌다 그 여자 곁에는 사람이 없었다 여자는 머리카락을 가다듬어 다시 옛길을 풀어 내리고 머리에 꽃을 달고 별을 얹고 안 보이는 옛사람들을 불러 모아 혼자 논다 여자의 눈동자 속에서 빠르게 달이 뜨고 달이 진다 살아온 시간만큼 0時가 0時 위에 첩첩이 포개진 사

진틀 속으로 그 여자 아주 들어갔다.

그 방으로 사람들이 모여들었다
영전에 그 사진이 놓였다
그리고 사진 속에서
그 여자 다시는 나오지 못했다

0時에서 0時 사이
──멸치떼의 비상

빛은 차단되었다. 이제 겨우 조용하다
캄캄한 옹기단지 속에서는 살 녹는 고요가 깔린다
녹아 진액으로 고이는 응축, 옹기단지는 그래서
무겁다. 잘 삭아 먹음직한 멸치젓. 이 젓갈로 김치를
버무리는 여자의 손가락 사이에서 쏴한 바람이 새어
나온다
어둠, 혹은 빛의 속도에 눌려 주름 잡히는 몸.
숭숭 뚫린 뼛구멍마다 가득 달빛이 차 오르는 밤이면
여자의 바다는 저만치 떨어져서 혼자 출렁인다

눈이 시려라 집어등 불빛을 업고 춤추는 물결,
춤추는 물결 아래에 불끈대는 힘을 감추고
숨죽여 포복해 있는 그물망, 수평선을 넘어 멸치떼
몰려온다. 여리고 빛나는 것들이 떨림으로,
희귀한 두근거림으로 집어등보다 더 밝게
은빛 광채를 뿜으며 달려온다. 보라, 권태로운 일상의
물길을 뒤집고 쏘달아 오는 저 싱싱한 파동을.
한판 포획을 꿈꾸는 사나이들은 뱃전에서 발을 구르고
그물의 포위망이 숨가쁘게 달아오르는 순간, 멸치들의
비늘이 서늘한 불꽃으로 한꺼번에 일어서는,

일어선 불꽃비늘로 몸통째 격렬히 솟구치는,
솟구치다 못해 톡톡 튕겨오르는 은빛 飛翔
그리고 아름답고 신선한 것들이 빛살을 거느리고
그물 가득 빠져나가버린, 허허로워라
만선의 豊漁는.

여자의 살을 뚫고 한 마리씩 새는 날아가고
0時 밖으로 날아오른 멸치들은
곰삭아 액젓으로 남았다

0時에서 0時 사이
──단순한 구도

내 눈이 새를 뒤따라 간다
새가 날개를 펼쳐 드넓은 공중에
가득 動線을 풀어놓는다
동선으로 획을 그어내는 새의 날 그림이
공중 화폭에 그득 담긴다
그 공중 화폭은 새의 착지 지점에서
지상의 점 속으로 빨려 들어간다

새의 移動線으로 닦아지는 새의 길이
지상과 공중에 튼튼한 다리 하나를 놓고 있다
먹이를 향해 내달리고
짝을 향해 우짖으며 퍼덕이고
새끼가 있는 둥지로 스며들고
자신의 분신을 떨치고 둥지에서 나오고
새가 새를 부르고

금시 모여드는 새들이 유선형의 대열로
바람을 가르고 벌써 산을 넘어갔다
재 넘어 가는 새의
동선 끝자락: 형체에서 선으로

점으로 빠져나가는
0時의 출구, 그것은
새 우주로 들어가는 입구인 게지

오늘도 나는 대문을 몇 번 드나들었다

0時에서 0時 사이
——수직의 겹침, 그 뒤

두 개의 시계 바늘 끝에는
두 개의 회전목마가 있다
나는 너를 멀리서 가까이서 건너다보는 0.5의
시력으로 너의 뒷모습과 앞얼굴을 달고
회전목마를 몰고 간다

이때다! 내 안에서 너를 보는 순간은.
두 개의 시계 바늘이 겹치는 지점에서의
두 영혼의 교접, 외로운 斜線의 행보에서
함께 몸을 일으켜 세우는
0時, 기상하는 그 직립의 세계 안에서
잠시 만남의
희열이 소복하다
절정이 혼곤하다

내가 生의 한 마당을
더딘 더듬이로 보행하는 동안
내 정처 없이 기운 내면의
풍경 줄을 팽팽히 끌어 잡고 너는
비둘기 같은 붉은 맨발로

열두 마당을 달려서 숨차게 내게로 왔다

그러나 0時가
0時에 머물지는 못하는 까닭으로
정지 없는 만남은 또 다른 분리임을 알린다
그것은 또 새로운 만남을 향해 가는
동력임을 알린다

역동하는 동행의 힘으로
0時가 0時를 통과하고 있다

0時에서 0時 사이
──날 저문 숲에서

깊어지는 사랑, 혹은 울음을 데리고
저녁이 숲 속을 걸어 들어온다
나무들이 저녁의 발자국 소리를 듣고
어둠을 祭衣처럼 두른다
제 단풍 든 몸을 가리고 돌아선 나무는
두 세상을 오가는 길을 튼다
빛 이전의 모태 속에 아직도 누워 있는 뿌리와
빛과 어둠 이후의 허공에 얼굴을 걸어놓은
우듬지 사이에서 가지는 가지들끼리
이 세상 수많은 골목길을 달고 술렁인다
골목 안 집집의 창에 눈동자 켜지고
불빛 번지는 창과 창 사이에서는 파도가 일고
강물이 희게 빛난다

어느 집 창문이 열리고 누구를 부르는 소리
엄마 없는 창 안에서 엄마를 부르는 아이의 목소리
나무 속 방에서 엄마가 일어나 나뭇잎 흔들어 대답하
는 소리
나무들의 언어를 종일토록 물어 나른 새들이 날개를
접고

꿈을 꾸는 시간, 새들의 둥지가 어둠 속에서
점점 둥글게 부풀어오른다

0時에서 0時 사이
──골목에서

떠도는 바람을 뒤로 남겨두고 나는
오래전에 와본 듯한 골목에 들어선다
집집마다 삶의 파도 드밀린 밀물과
썰물의 흔적을 낮은 담장 하나로 가리고
하루의 고단함을 거둬들인 대문들은
어둑어둑 입 다물어 조용해졌다
솔솔 코에 스미는 쑥국 끓이는 향긋한 내음
발에 밟히는 개밥그릇 달그락거리는 소리
볼 붉힐 일 없어도 저 혼자 붉어지는 봉창 옆으로
일찍 깨난 목련나무가 꽃가지마다 수줍음을 달아
간절히 하늘의 별들에게 눈 맞추고 서 있는,
어느 해쯤이던가
나 한때 몸 붙여 살았던 것 같은 이 낯익은 골목 안,
저 모퉁이를 돌아나간 후에도 또 몇 번의
모퉁이를 지나 삶의 모서리가 벌겋게 깎여나가고
또 몇 번의 진눈깨비 내리는 골목에서
골목 밖으로 뛰쳐나간, 그런데
저기 모래옷을 입고 오는 저 사람이 누구지?
바깥의 바깥으로, 사람 바깥으로 떠돌다
헤풀어진 존재의 관절 몇 마디를 이제 가까스로 추슬러

절뚝절뚝 구부러진 골목길을 돌아나오는 사람을
나는 이 골목, 잠들지 못하는 이 가로등 아래서 만나
손을 내민다 어느 집 울 밖으로 새어나오는
아기 웃음 소리가 가로등의 불빛 현을 건드리며
까르륵 까르륵 골목 끝까지 나를 따라오고 있다

0時에서 0時 사이
——바람의 경전

하늘을 굴리는 바퀴 소리, 구름을 훑어 쪼개는
천둥 소리가 어느 때는 배에서 들린다
눈에서 두 줄기 번갯불 뻗쳐 흐르고 나면
창자는 춤을 춘다 창자는 노래한다
아나콘다와 배를 맞대고 있는 길바닥이
구불구불 파동친다
밤새 문 앞 골목길이 출렁인다

춤추는 아나콘다를 더 춤추게 하는 피리 소리,
그 곁에 웅성거리고 있는 바람 한 자락은
알고 있을 것이다
가슴의 공동을 관통하고 허기진 뱃속의
긴 동굴들을 휘돌아나온 저 바람의 손에
완강한 슬픔 한 줌 들려 있을 것이다
너와 나의 숨결 속에서 스며나온 막막한 비애
저 바람의 귓불에 물려 있을 것이다
굽이굽이 창자들을 돌아나오며 바람이 읽어버린
날것의 경전, 이 경전의 한끝을 이 밤
시린 눈으로 펼쳐본다

격렬히 요동치는 창자 위에서 뇌주름이 꼬이고
길이 꼬인 사람. 서재에서 책이 불타고
재가 되는 지성. 오색 빛깔의 물 위를 걷는 폐인의
혈관에서는 오색 빛깔의 꽃들이 독을 풀어
피를 끓이는 아우성이 들리는데
환락의 도시 라스베이거스에서
알코올 중독자 벤과 밤거리의 여자 세라가
'접시 밑바닥에 널브러진 스파게티를
포크에 돌돌 말아 먹는다'*
죽음을 향해 돌돌 말리는 국수 가락을 그래도
살아서 마주 보고 먹는, 아직은 따뜻한 저녁 식사!

서울의 라스베이거스 골목에서
끝없이 꿈틀거리는 창자, 그 서쪽과 동쪽으로
날마다 해가 지고
폐허 위로 또 해가 뜨고 있다

* 영화 「라스베이거스를 떠나며」의 한 장면.

0時에서 0時 사이
──겨울 정류장에는

영하의 겨울이다. 사람들이 정류장에서 버스를
기다린다. 어디론가 거듭 떠나고 돌아오는 사람들로
늘 붐비는 길에 서서 망연히 길을 응시한다.
응시하는 두 눈 밑으로 몽실몽실 피어오르는 게 있다
말할 때마다 언어에 서려 퍼져 흐르는 게 있다
사람 안에서 스며나와 김발로 증발하는 저것,
하얀 숨결, 혹은 하얀 입김
살이 허물어 氣化하는 그 마지막 구름깃발이
코에, 입에 미리 꽂혀 펄펄 날리다
사라지곤 하는,
그러나 저 숨결에 배어나오는 김발은 또
살아 있는 그대 몸속에서 가만가만 출렁이는
따순 기운 한 자락이거나
불안과 고독까지도 모락모락 묻어나오는
그대 눈물의 승천일 터인데
그대 날숨이 내 들숨으로 스며 들어오는
우리 서로 숨을 섞고 사는 지상의 겨울 길에서
여린 입김들 하얗게 김발로 스러지며 남기는 말,
그 말 채 엿듣기도 전에 내 곁에 사람들 어느새
떠나가고 없다. 이제, 그 겨울 정류장엔

나도 없다

0時에서 0時 사이
——둥근 밀떡에서 뜨는 해

들녘을 훑고 지나간 바람 끝에서
밀밭 몇 장이 구겨졌다 구겨진 밀밭이
서녘으로 넘어간 뒤에도 남은 밀밭에서는
밀알들이 자랐다
햇빛 쟁쟁한 한낮에 해 조각을 베어 물고
둘레 공기를 황금빛으로 물들이며
밀알들이 잘 익었다 그리고
그 황금빛 생애는 사라졌다
땅을 떠난 밀알들이 줄을 서서 방앗간으로
들어갔기 때문이다 방앗간에 내걸린
부서진 살 거울에 '너'는 보이지 않고
'나'는 없어졌다
이 거울로 집을 지은 빵집에서는 누구라도
밀가루 한 줌으로 사랑을 굽고
밀가루 한 줌으로 기쁨을 부풀린다
는 소문이 빵집 밖으로 새어나왔으나
세상의 밥상머리에서의 비만,
비만이 감춘 허기가 소동하는,
빵집 앞은 배고픔으로 붐볐다

애찬의 식탁에서
밀알들이 삼킨 해 조각들 둥글게 모였다
밀떡에서 뜨는 해 한 덩이! 눈부시다
햇살 끝에 매달린 눈물방울,
그 처연한 슬픔까지도.

제4부

歸路

꽃보다 더 어여쁜, 누가 처음의 제 빛깔을 퍼 올리고
또 퍼 올려 나무의 어린잎에서 청순한 종소리를 듣고 있
나요. 짙어질 애증, 진하게 조여들 에고의 올무를 또 하
나의 탯줄처럼 목에 감고 지금은 순진무구하게 웃고 있
는 아기의 머루알 눈이 어린잎에서 깜박거리는데 뿌리가
감추고 있는 죽은 이들의 젖무덤에서 콸콸 분수로 솟구
쳐내리는, 누가 이 시간 신록의 비를 맞고 있나요. 無慾
의 아기는 아기를 낳을 수 없어도 햇볕 밝은 날이면 내
방의 거울은 연둣빛으로 물드는데 나는 속 깊이 묻은 때,
때의 고치에서 변신되어 나온 나비의 형형한 춤을 바라
보고 있어요 결국 옷을 벗기 혹은 더 껴입기, 위대한 나
무들의 누드 앞에서 경배하기 아니면 깨벗은 나무들 벌목
하기, 혹은 겨울 동굴 속에서 차 오르는 연초록 샘물만 엿
보기 등으로 우리의 대낮 풍경은 탱탱하게 부풀어올라요

나무를 빌려 어린잎 연서 한 잎을 당신에게 보냈습니
다 그러자 사계절을 돌아 아기인지 노인인지, 젊은이인
지 알 수 없게 된 당신께서는 당신의 가슴에서 피어난
새잎 하나 꺾어 내게 주었습니다 나는 새잎 연둣빛에 반
했나 봐요

물방울 축제

난간에 매달린 물방울
물방울 밖에서 떨고 있는 건 눈물방울이야
나와 그대의 뺨에 방울방울 어룽지는 눈물방울
소멸을 예감하는 이 세상 모든 에로스의 사랑이
눈물방울 안에서 떨고 있어
죽기를 소망하는 몸의 꿈이,
살기를 간원하는 마음의 열망이
슬프게 맞물려 눈물방울 안에서 떨고 있어

이 세상 레일에 줄 서 있는 역사
누구라도 눈물 역에서 기차를 타고
종착역으로 달리지

나무에 맺힌 물방울 한 알 과일처럼 똑 따고 싶어
그러나 어림없지
살을 빠져나온 물이 손가락 성한 손아귀에
잡힐 리 없다는 걸 알아
새둥지에 담긴 새알, 새알 속에 담긴 새,
새가슴에 담긴 하늘이 겹겹이 비치는
영롱한 물방울 우주 어디에

썩는 내음 풍기는 두엄자리 있었겠느냐고?

텅 빈 물방울의 세계 안에서는
견고한 것들의 소멸이 흥겨워
물방울 한동안 난간 위에 매달려 있었어
톡 톡 터져 가벼움과 적멸마저 흘려버리고
이쪽에서 저쪽으로 건너간 것이.

수평으로 선 나무

계단이 꿈틀거렸다 그때
그는 계단 상층에 서 있었다

그녀는 계단을 옆으로 오르고 있었다 수평 교량은
어둠이 울창한 잡목 숲의 옆구리를 트고 나와
건너편 마을에 닿아 있었다
옆으로 잰걸음을 걷는 게들의 등판에서
오래된 갑골 문자들이 기어나왔으므로
그녀는 갑골 문자들을 백지 위로 건져 올렸다

비가 오고 물이 흘렀다
계단이 내려앉고 그가 쓰러진 자리에
수평으로 누운 오동나무 한 그루가 보였다
도끼날에 발목이 찍혀 하늘을 눕히고 눈감은
그 오동나무에서 이상하게도 물소리가 들렸다
상복을 벗어 弔燈 아래 걸어두고 절룩이며
사계절을 걸어나온 초록빛이 오동나무의
내부로 들어온 것은 그때였을 것이다
그 오동나무에서 쑥쑥 초록 입술들이
돋아나오고 있었으므로 나는

새 잎사귀 두 잎을 따서 귀에 달았다

그 후, 세상 쪽으로 몸을 세운
그 오동나무의 특별한 존재 방식을 두고
오랫동안 그와 그녀 사이에
쟁론이 끊이질 않았다

포도주

포도를 먹는다
포도알을 깨물자 포도 속에서 바람과
빗물이 톡 터져나오고
햇살과 달빛이 터져 흐른다
새콤달콤 입 안 가득 녹아 흐르는 이것은
포도의 은밀한 사랑 이야기일 터인데
이 맛이 혀끝에서 사라져버린 뒤
살의 층계를 내려가는 포도의 발소리는
조용해졌다 나는 그러므로
살 속에 누운 포도를 빌려서는 내 사랑을
해에게 또 별에게 말하지 못한다

나는 포도의 추억으로 빚은 포도주를 마신다
포도알들 으깨어지는 떨림 잔 속으로 모여들고
핏방울 어룽진다
내가 포도주 잔을 들어 올리자 누군가 이 지상에서
마지막 저녁을 먹고 아주 숟가락을 놓았다
살 녹는 적막이 침묵의 나라로 흘러드는
봉분 속에서는 술이 익어가고
성찬의 식탁에 놓인 금빛 성작에는

피가 고여든다
몸 밖에서 사랑에 눈먼 피가 머뭇거리며
몸 안의 피를 불러내는 저녁이면
술집과 성전이 함께 붐볐다

나는 술렁이는 포도주의 그 떨림이
목젖 아래 떨림막을 딛고 흘러내리는 소리를
한 번 더 엿듣고 있다

아늑한 집

눈 오는 날에 나는 눈집을 지었어요 時空 안에서 사라
져간 온갖 것들이 눈송이에 담겨져 휘돌다 눈집 위에 얹
혔어요 나는 눈집으로 들어갔지요 그리고 나는 방 한가
운데에 둥둥 떠 있었어요 눈집이 하도 가벼워 나를 너끈
히 들어 올렸죠 참, 따뜻했어요 그러나 곧 벽과 천장이
서걱이고 흔들렸지요 내가 내 무게를 의식하는 순간, 두
발이 아래로 푹푹 빠졌어요 흰빛이 빠져나간 구멍에서
검은 냉기가 발가락 사이로 솟아올랐지요 나는 소리쳐
어머니를 불렀죠 내 발이 아직 닿지 않은 흰빛 속에서
만삭의 어머니가 서 계셨어요 어머니는 눈집에서 아기
를 낳아 눈빛으로 신생아인 나에게 흰옷을 지어 입혔어
요 낮과 밤이 아기의 눈동자를 여러 바퀴 돌리는 동안,
커버린 내 몸에서는 울긋불긋 단풍잎이 돋아났어요 단
풍이 지천으로 번지는 내 꿈을 밟고 맨발로 그대들이 다
녀갔지요 나는 노동과 진흙을 빚어 시를 쓰는 그대를 위
해서 백미와 백설로 밥을 짓고 겸상으로 그대와 저녁 식
사를 하고 싶었어요 그런데 저기 저 장례 행렬 끝에 딸
려오는 물줄기를 보세요 사람 눈으로 들어간 눈송이가
눈물로 흐르고 끝내는 육탈의 물이 소리 없이 강으로 내
려가는 물줄기 말예요 눈집 한켠에는 신생아 곁에 흰 수

의 입은 내가 나란히 누워 있는데요 그 사이에서 연기
나고 불 꺼진 자리에서도 오색 빛이 들끓었는데요 처음
이고 마지막 빛깔인 흰빛으로 눈은 펄펄 내리고 눈집은
더욱 둥글어져요

화가가 그의 옷을 엿보고 있다
──페터 노이야르의 누더기

집이 없다.
길이 집인 그의 옷은 낡을 대로 낡아 있다
그가 걸친 남루는 그의 빈손의 흔적이고
빈손이 그의 누더기옷에 새 길을 낸다
집집마다 울긋불긋 소란스런 밥상머리, 그 바깥으로
비켜선 그의 이 빠진 밥그릇에 味樂도 빠져나가고
적요만이 햇빛 한 움큼 거느려 고여 있다

그러나 고요한 그의 마음에도 가끔씩은 풍랑 일고
내란의 아우성이 세상 쪽으로 기울어 펄럭거렸으리
펄럭임 그치지 않는 날이면 그이 안에 잠시 갇힌
새 한 마리 심히 요동쳐 고막에 새 울음 소리 질펀했
으리
난타하는 바람을 뚫고 그가 길에서 일어나는
아침은 그래서 오히려 푸르고 쾌청했으리라

길을 떠나는 아침마다 저 지평선 빨랫줄에
당신과 나의 거죽옷이 점점이 널려
마지막 수의로 언뜻 나부끼는데
그곳에서 해는 뜨고, 해가 지는데

그의 누더기옷에는 수많은 일출과 일몰을
담아낸 강줄기가 실금으로 길게 패어 있다
강물 건너에는 산들도 얼룩얼룩 솟아 있다
뱃속 허기는 늘 그의 양식이지만 그만큼의
비움으로 넘어온 산들이 그의 옷에 붙박여 푸르다

그리고 그의 누더기에 고인 빗물 웅덩이
그가 지나온 마을과 그가 만난 사람들을 향한
눈물의 흔적이 누덕누덕 묻어 있는,
때로 눈 덮인 벌판을 요로 깔고
폭풍을 덮고 잔 그의 헐벗은 밤이 생생히 인각된,
어느 화가도 화필로는 그려내지 못하지
풍경이 눈뜨고 살아 있는 그의 남루를, 그리고
어둔 모퉁이에서 남루를 부여잡은 이의
울음, 혹은 웃음을

몸 안의 길
──안과 밖

몸속 깊은 곳에서도 바람이 일고
갈대처럼 흔들리는 섬모수풀 사이로
가녀린 별빛 한 줄기 떨고 있어
실개천과 강줄기를 달고 물이 늘상
몸 안으로 흘러 들어와 해 뜨고 달 뜨는
날마다 물빛은 오색으로 물들어 뒤척였지
상처의 두엄자리에서는
모락모락 아픔이 승천하는 김발이 서리고
피밭에 피어난 지상의 꽃들이 어느새
안으로 들어와 피 먹은 말들을 뱉어냈지

놀라워라! 저 광활한 우주의 집합인 대문헌
내 몸이 펼치는 23쌍의 기적의 책을
나 아닌 다른 사람이 낭랑한 목소리로 읽어내고 있어
(나는 문맹인. 왜 나는 내 몸의 캄캄한 他者일까?)
책 속에 입력된 신의 암호, 그 정교한
프로그램을 실행하는 유전자들의 비밀은 경이로
운데……

몸 안의 길
——순환 속에서

지구를 돌리는 해가 한 자리에서
동녘의 능선과 서산 마루를
번갈아 딛고 선다

몸은 돌고 도는 血流의 길을
살 밑에 감추고
땅은 순환 행로를 지하에 감춘다
2호선 전철의 순환 전동차 안에서는
역마다에서 안내 멘트가 흘러나온다
그 안에 숨겨진 진짜 말은
당신은 어디서 하차하지요?

순환의 문이 여러 곳에서 활짝 열리고
닫힌다 전철역마다에는 여러 갈래의
길이 매달려 있고
길은 사람들을 순환 행로에서
빠져나오게 한다

상복과 평상복을 번갈아 바꿔 입고
환승역 계단을 헉헉대며 오르내리는 사람들의

헤벌어진 입 안 목구멍에서 혀를 따라 딸려 나오는 길
몸 안의 길이 바깥으로 뻗어나가는 어느 한 지점에
사람들이 또 다른 승차를 위해 땀을 훔치며 서 있다
그리고……

몸 안의 길
—자살 프로그램

자살 프로그램은 이미 짜여 있었다.
자살은 아름답다고
킬러 두목인 카스페이즈*가
몸 안에서
아침마다 부드럽게 속삭였다

그래요!
당신의 심장에서 핏빛 불빛이 새어나오네요
언뜻, 그 불빛에 비수가 번뜩이는 게 보여요
당신 몸 안의 병든 세포, 미미가 부르는
마지막 아리아를 듣고 있어요, 고별곡인 게지요
그 차디찬 손에 받쳐든 촛불이 꺼진 다음, 알았어요
끊임없이 수많은 미미들이 옆집 세포들에게
병을 전염시키기 전에 재빨리 죽어버린다는 것,
이게 카스페이즈의 지령이라는 것, 그러니
나와 당신의 몸속 세포의 세계 안에서는
자살 프로그램이 현재 작동 중이라는 것,
이 이상한 죽음의 나라가 살아 있는
나와 당신의 육체라는 사실
이 사실을 두고 어찌해야 할지 궁리하다가……

* Caspase: 과산화물로 훼손된 세포나 바이러스에 감염된 세포들에게 자살
  유발 단백질을 만들어 자살을 명령하는 유전인자.

몸 안의 길
——빛의 도둑

    처음, 우리 마을에 도둑이 들어왔을 때, 도둑이 강렬한 자외선 의상을 걸치고 매혹적인 미소를 던졌을 때, 그때부터 모든 것은 뒤죽박죽이 되고 말았다. 도둑의 뜨거운 미소 하나에 마음을 도둑맞고 혼절한 큰애기들이 머리 풀어헤친 채 미친 바람을 제 살갗 구멍으로 흘리며 일어나고 도둑의 발광하는 겉옷 보푸라기에 눈이 찔려 눈을 도둑맞은 사람들이 불쑥 장님이 되어 비틀거리고 뒤엉키고 하는 동안 우리 마을에는 순식간에 어둠의 피륙이 길처럼 펼쳐졌다. 단숨에 불어난 한 무리의 탱크 부대가 전시인 양 온 마을을 쪼개며 빛 부신 한낮을 질주했다.

우리가 빛의 방에서 본 것은
햇볕을 너무 많이 쬐어 병이 들어 있는 모습이었다
도둑이 그랬다
잔혹한 넘침과 결여, 그 불균형의 틈새로
진입하는 파괴자의 가공할 입성.
그럴지라도
빛나고 아름다운 것들의 돌연한 이변이 몰고 오는
무서운 병변, 두려운 것은 이 돌연변이라고

사람들은 서로 얼굴을 가리고 수군대고 있었다
갑자기, 빛의 방이 쩡쩡 울리게 큰 소리가 울려나왔다
킬러 두목, 카스페이즈가 소리쳤기 때문이다
도둑이여, 너는
빛을 도둑질한 너에게서 죽어라.

몸 안의 길
―산소와 밥

숟가락 내려놓고 밥솥을 엎어놓은
봉분, 나무들 좋아라 밥 퍼먹는……
사람과 나무의 빚짐 없는 교환이지
그래서일까 맑은 숨을 토해내는 나무들은
길에 서서, 혹은 산으로 오르면서
내내 우리를 향해 말을 걸어온다
해가 웃고 있는 낮 동안, 숨결로 긴밀히 주고받는
나무와 사람들은 연인처럼 가깝다고―

말씀이 침묵인 적멸보궁 한 채
결 튼튼한 제 나무 결로 지어놓고
잠자는 듯 깨어 있는 나무 속 세상. 그
세상에서 흘러나온 산소의 정원으로
부러진 꿈의 관절을 우드고 배고픈 사람들 모여들지
유혹에 부대끼지 않고도 귤이나 사과를 따 먹을 수 있지
참, 맛있는 평화
나무 곁에서는 언제나 우리의 콧구멍이 깨끗했다

그러나 빠르게 회전하는 우리의 식탁에는
다른 세상에서 온 음식들이 놓여 있어

눈감지 못한 눈알들이 소복이 접시에 담겨 있어
젓가락질이 바쁘게 돌아갈수록
우리의 숨찬 일상에서 삐걱대는 소리가 덩달아 들려
씨름판에서 나자빠진 이들이 대형 식탁에 도열되는
힘의 이동 행로를 어느 이정표가 바꿀 수 있겠어

그런데, 기이해라 식욕이 왕성한 대식가의
곳간에서는 늘 화염이 치솟고
혹 달린 산소들이 왠지 분노에 치받혀
몽둥이 하나씩을 들고 대식가의 몸 안에서
난동을 부리는군.
힘을 주체하지 못하는 대식가!
치고 부수고, 마약에 취해
황홀한 마비에서 깨나지 않을 주홍빛 꿈을 꾸며
손에 잡히는 대로 비틀어대는,
정작 비틀어야 할 오, 이 세계의
거대한 폭력.

몸의 유기체를 살려내기 위한 재난 복구의
프로젝트는 그래서 더욱 정교해져야 했다

몸 안의 길
──내란

죽어라
못 죽는다
카스페이즈의 명령에 저항하는 무리가 생겨나면서 질
서의 옆구리에 혼돈의 종양이 불거져나오기 시작했어 아
니, 어쩌면 질서 속에 혼돈의 인자가 이미 숨어 있었는
지도 몰라 질서의 지류에서의 돌연변이, 내란이 일고 있
는 몸의 모든 구멍에서 죽음의 안개가 스르르 흘러나와
집 대문 밖으로 번져나갔다가 세상을 휘돌아 되돌아오는
저 검은 태풍의 눈, 지상과 하늘 사이에 대형 스크린이
펼쳐지고 크고 작은 공포의 예고편이 구름 속에서 상영
되고 있어 들어봐, 이 세상 곳곳에서 파열되는 낡은 질
서의 신음 소리를, 새로운 태동의 술렁임을. 무덤과 자
궁이 입맞추고 있는 하나의 거대한 구멍을 들여다보라구

어느 날, 산 위에 올라가 보니 불복종의 철갑 병사들
이 자신의 영토에서 難攻不落의 성채를 이미 쌓아놓고
있었다 그리고 그곳에서 뿔나팔 소리가 심상치 않게 들
려왔다 이웃 성의 정복이 선포된 것이다 한마당 질펀한
축제였다 보랏빛 끈적끈적한 바람이 그들의 무서운 웃
음에 달라붙어 삽시간에 질풍노도로 내달렸다 모반의

쾌락을 한껏 누리며 살육을 음모하는 그것은 병마의 세
력이었다 몸 안팎으로 날아다니는 돌멩이들은 유성처럼
번쩍거렸다

　　슬픈 머리카락이 칠흑으로 헝클어지는 깊은 밤, 카스
페이즈가 흘리는 피눈물 피땀을 어찌해야 하나 마지막
순간까지 한 방울도 남김없이 진액을 뽑아내 새 질서 조
성에 몰입하는 이 전율할 생명 드라마를, 그러니 더욱
몸을 통해 몸으로 보고 들어야 했어

　　전시 체제의 몸에 불켜진 비상등, 그
　　괴괴한 불빛에 휘감겨 떨고 있는 내장의
　　깊은 굴헝에서
　　비장하게 퍼 올려지는 울림 소리를
　　카스페이즈가 최후까지 혼신을 다해 부르는
　　노랫소리, 이 세상에서 한 번도 들어보지 못한
　　아름다운 자장가를
　　자신의 살점을 도려서 빚어낸 빵
　　그 빵을 먹여 병든 병사를 조용히 불빛 아래 누이는
　　눈을 감기는.

몸 안의 길
──미미한 발자국 소리

훈련된 광부들은 두 눈에 불을 달고
몸의 동굴을 파고 들어갔지
물고기와 척추동물이 함께
뛰놀고 있는 동굴 속 깊은 곳까지 들어갔지
그리고 잠들어 있는 세포들의 뚜껑을 열고
세포핵 속에서 DNA를 캐내었어
두 가닥 나선형으로 꼬아진 계단을 내려가며
밀봉된 생명의 밀서를 읽어내는 광부들의
주변에서 신은 죽었다고 흉흉한 소문이 나돌고
죽은 신이 부활했다는 소식 또한 줄기차게 들려왔지

그리고도 또 들리는 게 있지
내 팔목의 술렁이는 상처에 귀를 갖다 대면
두근거리는 숨소리,
몸속 깊은 계곡을 지나 폭풍우를 뚫고
미미들이 부산스레 걸어나오는 인기척 소리.
죽음의 아름다운 독약을 마시고
새살을 입은 미미들이
새 뼈 위에서 새 피가 도는 몸 안의
길을 따라 몸 밖으로 나오고 있어

백지와의 실랑이

백지를 대하고 앉다
백지가 백지를 불러내 아득히 펼쳐지는 백지의
지평 쪽에서 배냇저고리에 수의치마로 성장한
처녀들이 삭발하고 버선발로 걸어나온다 처녀들의
보행을 받들어 나무들이 길옆으로 늘어서고
처녀들의 뒤편, 그 소실점에서 해가 떨어지자
나무들이 처녀들을 품어 안고 백지 안으로 들어가
눕는다 백지에서는 향내가 난다

향내를 휘감고
책장 넘어가는 소리 하얗게 흐르는 백지에
경전이 펼쳐지고,
글자가 보이지 않는 책들이 높이 쌓인다
적요의 그늘조차 흔들리지 않는
완벽한 고요의 빛인 백지는 그러므로
그냥 백지이기를 바란다 하고
나는 그대 흰 살의 온갖 문신 채색을 관용하는
넉넉함을 믿노라 하고
백지의 흰빛과 저녁 내내 실랑이를 하다가
나는 두려움을 흩뿌리고 저벅저벅

백지 안으로 들어간다 단숨에
백지가 서걱이는 모랫벌로 파도친다

백지의 상처

사각형 둘레를 핥고 달려드는 滿潮의 꿈
산란을 위한 거북이들이 네 귀퉁이를 잡고 용을 쓴다
겨우 사각형의 선을 넘는다 상륙하는 거북이 등에서는
보름달이 떠올라 모래펄이 반짝 설렌다
거북이는 지느러미로 지각의 표층을 파내어
보름달을 묻고 달 속에다 알을 낳는다

독수리 전망대의 눈은 희열로 충혈되었다
독수리가 달 둥지를 구부러진 부리로 물어뜯어
생각이 부화되기도 전인 알들을 급히 쪼아 먹고
더러 살의 맛을 알아 인내를 익힌 부리들은
살을 입고 깨난 거북이의 새끼들을 콩 주워 먹듯
찍어 삼킨다 肉化된 글자들이 사살되는 현장에서도
용감한 새끼 거북이들 몇 무리는 살아남아 해풍이
불어오는 바다 쪽으로 머리를 두르고 네 귀퉁이 밖으로
쏜살같이 빠져나가려 하고 있다
이때다. 새끼 거북이들 등판의 칸칸에 백 년 너머로
가는
사랑을 새기고 백지에 인장을 찍는 일은 이때뿐이다

백지의 상처
백지의 영광은
지금부터 시작이다

공중에서 춤을

발레리나의 춤은 단조롭다고
무대를 향해 객석에서 하품이 날아든다
그때 한 남자가 여자를 들어 올려 공중으로
띄워 보낸다 와—— 단번에 객석이 술렁이고
관객의 눈들이 널을 뛴다 공중에서 강물이
굽이치고 강물 아래로 구름이 내려온다
구름 위에 누운 여자가 허공을 딛고 일어서서
겨울 가을 여름 봄을 훌훌 건너뛰어
앞뒤가 없는 강물을 헤엄친다
그리고 아름다운 몸짓으로 물구나무선 그녀가
공중에서 나를 내려다본다
위는 아래, 아래는 위라고 내 뇌수에서는 생각이 한
순간
뒤집힌다 그런데 내 머리골을 다시 한 번 뒤집으며
본다, 위아래도 없고 앞뒤도 없는 圓形을 그녀가
부드러운 동작으로 허공에 그려놓는다 그러자
화석이 되어 벽에 숨었던 한 떼의 새가 날아오르고
내 발 밑에서는 지하에 갇힌 춤꾼들이 지층을 흔들어
댄다

그녀는 바람 흐르듯 흐르면서 극장의 여덟 개 모서리,
그 조임쇠를 간단히 손가락 하나로 풀어헤친다
위아래가 탁 트이고 사방이 열리자 동서남북이
없어진다 나의 눈은 갈 곳 없이 관객들과 함께
　　공중에 자유롭게,
　　　　위태롭게 매달린다

생명의 허무와 감격

김주연

1

김길나의 시적 상상력은 역동 그 이상으로 출렁인다. 그 상상력은 삶과 죽음, 빛과 어둠, 관능과 명상을 한꺼번에 훑어내고 휘어잡는 전면적인 힘으로 충만해 있다. 우리 인생이 굴곡과 파란만장의 파도라면, 이 시인의 상상력은 바로 그 인생을 포괄한다. 그중에서도 이번 시집에서 번득이는 상상력의 단초는, 인간 복제 파동까지 유발하고 있는 과학의 저 아득한 심연이다. 시인은, 우선 거기서 출발한다. 저주스러울 정도로 위대한 과학에 덜미 잡힌 인생을 시인은 도저히 참아낼 수 없는 것이다. 생명의 탄생과 생명의 소멸, 그 과정에 엄청난 호기심을 가진 이 시인에게 있어서 창조주 아닌 과학의 개입에 의한 그 과정의 왜곡은 시적 충동을 강하게 격발시킨다. 그러나 그 충동은 뜻밖에도 직접적이지 않다. 오히려 축적되어온 생명의 연대에 대한 인류학적 상상력을 침착하게 선행시킨다. '몸' 시 연작은 그 관찰의 성과로서 시인의 생명관을 총체적으로 드러낸다.

① 혼례방, 아기집, 수억 년 동안의
　생명 박물관, 꿈 상영실……
　나는 정신이 아찔해 입구에서부터 길을 잃고
　미끄러졌다. 생성과 소멸의 프로그램이 쉼 없이 작동하는
　이 流轉하는 우주를 단순하게 전시실로 착각한 것은
　순전히 나의 우매함이었다
　나는 그날 밤 잠들지 못했다
　　　　　　　　　　　　—「몸 안의 전시실—입구」 부분

② 배꼽에서 넘실대는 바다, 바다 속 별밭
　애야, 사람이 별에서 왔다는구나
　그러기에 몸 안에서도 밤마다 별이 뜬다는구나
　별이 죽어 예까지 온 수십 억 년의 길, 애야,
　그동안 너 어디 있었니?
　　　　　　　　　　　　—「몸 안의 전시실—별」 부분

③ 유전자들의 공용어로 건국된 신로마 제국으로
　길이 길을 데리고 들어오고 유전자 여행은
　즐겁다. 어디로 가느냐고 마침표 없는 길에게
　길이 묻는다 생명 도감실 최상부에 걸려 있는
　인간 게놈 지도 속에서 그림자 없는 사람과
　그림자 둘 달린 사람이 나란히 걸어나올 차비를

서두르고 있다 노출된 몸은 지금 비상 중이다
　　　　　　　　　—「몸 안의 전시실—생명 도감실의 공용어
　　　　　　　　　　　　　〔A. G. C. T.〕」부분

④ 젊은 할머니 할아버지의 수줍은 혼례방을
　　나이 든 내가 슬쩍 들여다보고
　　그 아버지 어머니의 끝없는 혼례방이 층층이 쌓여
　　천장 없는 전시실 중앙에 탑으로 우뚝 솟아 있다
　　그리고 탑을 이룬 혼례방 앞에는 벌써 미래에서 온
　　얼굴 없는 아기들이 줄을 서서 미래의 언어로 노래를
　　부른다. 그런데 새들이 보이지 않는다
　　　　　　　　　　　—「몸 안의 전시실—혼례방」부분

⑤ 깊은 밤에는 사람이 제 안에서 터지는
　　폭죽 소리를 듣고 사랑을 불러들인다
　　그리고 만월로 차 오르는 자궁 속에서
　　물이 빛난다
　　합일과 분열, 분열과 생성, 그 불가해한
　　창조 프로그램이 진행되는 자궁의 풍경에는
　　은유와 상징은 없다
　　　　　　　　　　　—「몸 안의 전시실—아기집」부분

⑥ 〔……〕 그러나 흰빛 순결을 집어삼키는 무서운
　　힘. 단박에 부풀어오른다 정복자의 男根은.
　　말단 비대증으로 한없이 커진다 입과 손이.
　　　　　　　　　　　—「몸 안의 전시실—얼음꽃」부분

몸은, 이즈음의 시에서, 특히 여성 시인들의 시에서 그 관심의 대상으로 급격히 부상하고 있는 시적 사물이다. 대부분의 경우, 그들의 시들은 몸을 생산의 주체 — 성적 교합과 해산의 모든 과정을 포함한 — 로 파악하고자 하는 데에 그 관찰과 표현을 집중시킨다. 그러나 김길나 시인은 그것들을 함께 안고 가면서도 동시에 그 반복, 축적된 역사의 과정을 인류학적 시선으로 응축시키고 있다는 점에서, 그만이 튀어오르는 어떤 변별성을 갖는다. 이 점에서 이 시인은 나에게 고트프리트 벤을 떠오르게 한다. 연작시 「시체 공시장」에서의 「진혼곡」, 그리고 「삶, 아주 낮은 망상이여」에 나타나는 인류 역사에 대한 회의와, 인간들의 부질없는 욕망 — 특히 성욕 — 에 대한 절망이 연상되는데, 김길나는 벤과는 다른 일종의 성적 생동감과 미래에 대한 전망을 통해 훨씬 긍정적인 지평을 확보하고 있다는 면에서 사뭇 다르다. 벤은, 가령 이렇다.

> 테이블 위마다 두 가지. 남자들과 여자들
> 십자 모양으로. 아, 벌거벗고. 하지만 고통도 없구나
> 두개골을 세운다. 가슴을 둘로 쪼갠다. 몸들은
> 이제 그들 최후의 해산을 한다.　　　 —「진혼곡」부분

> 삶, 아주 낮은 망상이여!
> 아이들과 노예들을 위한 꿈,
> 너도 옛적부터 그랬다,
> 궤도의 끝에 있는 족속,

〔……〕

여전히 넌 여자와 남자를 찾나?
너에겐 아무것도 마련되지 않았고
믿음과 그 미망
그리고 그 다음엔 파괴뿐?

〔……〕

—「삶—아주 낮은 망상」 부분

　도저한 절망만이 즉물적으로 그려져 있는 시들이다. 앞의 시는 시체 해부 장면이다. 인간의 육체적 소멸과 성적 상상력에 의한 새로운 출산의 모습을 함께 그리고 있는데, 그 전언은 결국 허무주의이다. 뒤의 시는 즉물적 묘사 대신, 훨씬 직접적으로 그 허무를 주장함으로써 아예 역사허무주의에 다가선다. 쉽게 말해서, 이렇게 허무하게 죽으면 그뿐인데, 남녀가 열심히 사랑하고 성행위를 하는 일, 더욱이 기독교에서의 영생을 믿는 일 등이 무슨 소용이겠느냐는 것이다. 앞의 시들은 부분 인용이라 기독교적 신앙과 관계된 대목은 할애되어 있으나, 결국 역사 부정과 문명 부정으로 가는 전기를 이루는 작품들로서 현대 시사에 그 위치가 각인되어 있다.

　김길나의 시는 벤과는 매우 다르게 그 전망이 열려져 있는데, 그것은 무엇보다 사람의 몸, 특히 여성의 몸에 대해

126

강한 호기심과 외경심으로 접근하고 있다는 점이 그 특징이다. "심장의 박동을 따라 몸에서 흘러나오는 소리/그 소리가 내 귀와 눈을 몸 안으로 끌어당긴다"(「몸 안의 전시실―입구」)고 고백하듯이 우선 시인에게 몸은 신기하기 짝이 없다. 그러나 그가 곧 부딪친 것은 "여기서부터는 문도 벽도 없는 미궁"이라는 사실이며, 자신의 몸 탐험이 "죽음 없는 나라의 깜깜한 시간 여행"이라는 인식이다. 사막, 피밭, 광장 등은 그리하여 그가 만나게 되는 몸의 기관들인데, 그 가운데에서도 그의 마음을 사로잡은 것은 "혼례방, 아기집, 수억 년 동안의/생명 박물관"이다. 곧 여성의 자궁인데, 그는 그것을 "流轉하는 우주"라고 부른다. 여기까지는 물질적 관찰이다.

시인의 관찰은 그러나 연작시로 이어지면서 영적인 그것으로 옮겨간다. "배꼽에서 넘실대는 바다, 바다 속 별밭"(「몸 안의 전시실―별」)이 그것이다. "애야, 사람이 별에서 왔다는구나" 하고 동화적 어법을 통해 달려간 인류의 고향은 이제 자궁 아닌 별나라이다. 그러나 시인은 몸과 별의 분리 아닌 통합으로 그만의 독특한 인류학적 상상력을 빚어낸다. 그 만남의 표현이 썩 아름답다.

　　들어봐! 그때의 그 허공 한 폭
　　진즉, 몸 안으로 내려와 출렁이는 걸.
　　　　　　　　　　―「몸 안의 전시실―별」 부분

　이렇듯 영과 육은 절묘하게 만나는데, 그것을 시인은 "빛의 파동으로 씌어진 인간 신화가 이미/전설처럼 몸속에 전시되고 있다는구나"라고 다시 확인한다. 그러나 이 시인을 역동적인 모습으로 부각시키고, 허무에 빠지기 쉬운 생명 회로에 대한 인식을 활성화시켜주는 힘은 인용 ⑤, ⑥에서 묘사되고 있는 성적 이미지를 통해 형성된다. 몸 안으로 흘러든 별빛의 구체적 현장으로 그려지고 있는 저 성합의 활력을 보라! "깊은 밤에는 사람이 제 안에서 터지는/폭죽 소리를 듣고 사랑을 불러들인다"고 하지 않는가. 사랑으로 성행위가 이루어지는 것이 아니라, 몸 안에서 자생적으로 폭발하는 욕구가 사랑을 "불러들인다"는 것. 그에 앞서 육체의 욕망을 "몸 안으로 들어와 떠도는 별부스러기가/흩어진 제 조각들을 부르는 목쉰 소리"라고 말하는 것도 놀랍다. 영에서 육으로, 육에서 다시 영으로 옮겨가는 에너지의 뜨거운 소통이 눈앞에서 활발하게 전개되는 것 같다. 그리하여 만월로 차 오르는 자궁 속에는 물이 빛나고 합일과 분열, 분열과 생성의 불가해한 창조 프로그램이 그 안에서 진행된다. 몸의 주인은 몸 아닌 별이며, 그 별이 빛나는 하늘이 된다. 그러나 이 같은 거시적 관찰과 더불어 미시적인 몸 속의 움직임이 함께 그려진다. 그 접합의 묘사를 보자.

아, 저기 저기서 솟아난다 손가락 발가락
물질과 의식의 임계점을 꽁꽁 감추고
생의 길을 미리 절반쯤 휘감으며 정교히
주름 잡히는구나 뇌세포
정신이 태어나는 신전 지붕 위에서
봄풀처럼 돋아나는 여린 머리올
　　　　　　　　　　──「몸 안의 전시실 ─ 아기집」부분

성합의 활력은 인용 ⑥에서 보다 극대화된다. "정복자의 이글거리는 야성"과 "그 곁에/나란히 놓여 있는 백야의 꿈"으로 몸 안의 풍경을 양극화한 시인은 한쪽이 한쪽을 정복하는 과정으로 성행위를 이해한다. 그러나 여섯 편의 연작시 가운데 여기에 나타난 시인의 이 같은 이해는 앞의 ⑤와 일견 모순된다. ⑤에서 여성의 몸, 즉 자궁은 별에 의해 스스로 달구어진 성적 에너지의 기관으로 묘사되었는데, 여기서는 남근에 의해 공략되고 점화되는 것으로 묘사되기 때문이다. 이러한 모순은 ⑤에서는 육과 영의 교류라는 인류학이 그 상상력의 기초가 되고 있는 반면, ⑥에서는 순전히 인간적·세속적인 이해의 범주 안에 섹스가 머물고 있는 까닭이다.「몸 안의 전시실—얼음꽃」의 이미지가 분명치 않은 것도 이와 관련된다.

그러나 생명과 섹스의 고지가 한 단계 새로운 해석 앞에 놓이게 되는 것은 인용 ③, ④에 기인한다. 먼저 ⑥은, 섹스에 의한 생명의 탄생을 역사화하여 과거와 미래의 인류를 한 차원 속에 세워놓는다. "젊은 할머니 할아버지의 수줍은 혼례방을/나이 든 내가 슬쩍 들여다"본다는, 시간이 전도된 기묘한 표현이 그 상황을 짧게 함축한다. 여기서 인간의 미래는 과거의 논리에 의해 그대로 적용되면서 전개되는데, 그것은 마치 벤의「삶—아주 낮은 망상」의 세계에 근접해 있는 듯하다. 말하자면 성적 교섭에 의해 이룩된 인간 역사는 그 미래가 마찬가지의 과정을 통해 추론된다는 것이다. 그것은 너무 뻔하기에 답답하고, 벤 같은 극단론자에 의해서는 허무주의로 배척된다. 그러나 김길나의 자리는 비교적 중립적이다. 어느 쪽이냐 하면, 그의 시선은 그 역사를 형성하는 한 개인의 성적 실존에 집중되어 있다. "생명의 고리로 이어지는 몸 안의 전시실에서는/혼례탑의 방마다 한꺼번에 초야의 촛불들이 펄럭이고/시방, 생명의 한 고리를 넘어가는 사람은/그 보폭이 떨린다"고 그는 함께 떤다. 그러면서도 미래의 아기들을 바라보면서 그 시대에는 "새들이 보이지 않는다"고 우울해한다. 그 우울이 확실한 거증을 얻게 된 현실이 바로 인용 ⑤다. 인간 복제에 의해 남녀의 성적 매개 없이 인간의 출생이 가능한 것으로 설명되는 가공스러운 현실은, 역사의 미래에 대해 유보적인 생각에 머물러 있던 시인을 동요시킨다. 그러나 '몸' 연작에서는 아직 "노출된 몸은 지금 비상 중"이라는 현상적인 보고에 그 인식이 그치고 있다.

2

몸 탐험 이외의 작품들에서 시인의 일관된, 확실한 목소리를 듣는 일은 쉽지 않아 보인다. 그만큼 그 음성의 무늬는 다채롭다. 그 가운데에서도 다시 두 개의 연작시가 나타나는데, 그 하나는 「0時에서 0時 사이」이며, 다른 하나는 「몸 안의 길」이다. 나로서는 당연히 「몸 안의 길」을 앞의 몸 연작시와 더불어 주목하지 않을 수 없다. 그 결과 확연히 다른 새로운 모습이 들어온다.

실개천과 강줄기를 달고 물이 늘상

몸 안으로 흘러 들어와 해 뜨고 달 뜨는
날마다 물빛은 오색으로 물들어 뒤척였지
상처의 두엄자리에서는
모락모락 아픔이 승천하는 김발이 서리고
피밭에 피어난 지상의 꽃들이 어느새
안으로 들어와 피 먹은 말들을 뱉어냈지
　　　　　　　　　—「몸 안의 길—안과 밖」 부분

나와 당신의 몸속 세포의 세계 안에서는
자살 프로그램이 현재 작동 중이라는 것,
이 이상한 죽음의 나라가 살아 있는
나와 당신의 육체라는 사실
　　　　　　　　　—「몸 안의 길—자살 프로그램」 부분

　왜 갑자기 "제 안에서 터지는/폭죽 소리"의 모체였던 몸
이 이처럼 "피밭"과 "죽음의 나라"가 되어버렸을까. 김길
나의 시와 관계없이, 우리 몸이 욕망의 현장이며, 늙고 병
들어 죽음의 동의어가 된다는 사실은 그 자체가 물론 엄연
한 현실이다. 그렇다면 시인은 인생의 모든 과정을 출생부
터 죽음까지 주욱 관찰하고 있는 것일까. 다시 말해, 시간
에 따른 몸의 변화가 시적 주제가 되는 것일까. 그것은 아
닌 것 같다. 오히려 이와 관련해서 시인은 구멍 모티프를
내놓는다. "입 안 목구멍" "제 살갗 구멍" "자궁" 등의 빈
번한 어휘 사용에 의해 조성된 그 이미지는 죽음과 강하게
연관된다. 그 이미지는 마침내 이렇게 요약된다.

〔……〕 질서의 지류에서의 돌연변이, 내란이 일고 있는 몸의 모든 구멍에서 죽음의 안개가 스르르 흘러나와 집 대문 밖으로 번져나갔다가 세상을 휘돌아 되돌아오는 저 검은 태풍의 눈,

〔……〕 새로운 태동의 술렁임을. 무덤과 자궁이 입맞추고 있는 하나의 거대한 구멍을 들여다보라구

—「몸 안의 길—내란」 부분

무덤과 자궁이 입맞추고 있다는 생명 인식에 도달한 시인 의식은 결국 두 방향에서 유래한다. 첫째, 이 시가 직접적으로 진술하고 있듯이 유전 공학과 같은 과학의 개입이다. 「몸 안의 길」 연작에는 몇 편에 걸쳐 소위 카스페이즈라는, 자살을 명령하는 유전자가 등장하여 몸의 질서를 새롭게 하는 것으로 부각된다. 시인은 아마도 이 인자에 매혹되었던 모양이다. 다음으로는 목구멍, 입구멍으로 표상되는 탐욕의 결과로서의 죽음이다. "그런데, 기이해라 식욕이 왕성한 대식가의/곳간에서는 늘 화염이 치솟고"로 표현된 입구멍의 탐욕은 드디어 "거대한 폭력"으로 연결되고 그것은 다시 죽음을 초래한다. 사람은 구멍에서 나와서 구멍으로 죄를 짓고 구멍으로 돌아간다는 생각인데, 이 때문에 "상복과 평상복을 번갈아 바꿔 입고"(「몸 안의 길—순환 속에서」)라는, 인생과 역사의 순환성에 대한 경사가 생겨난다.

이 순환성은 또 다른 연작 「0時에서 0時 사이」의 제목에서도 그대로 확인된다. 시인에게는 인과율적인, 혹은 발전사적인 의미의 시간 개념이 존재하지 않는다. 1시, 2시, 3시…… 식의 계기(繼起)가 일어나지 않고 시간을 돌고 돌

아 제자리로 돌아오는 것이다. 그러나 참으로 기묘한 것은 자칫 시간 부정으로 이어지기 쉬운 이러한 의식이 오히려 김길나의 작품에서 이따금 아름다운 공간을 빚어낸다는 사실이다. 예컨대 이렇다.

> 햇빛 쟁쟁한 한낮에 해 조각을 베어 물고
> 둘레 공기를 황금빛으로 물들이며
> 밀알들이 잘 익었다 그리고
> 그 황금빛 생애는 사라졌다
> 땅을 떠난 밀알들이 줄을 서서 방앗간으로
> 들어갔기 때문이다 방앗간에 내걸린
> 부서진 살 거울에 '너'는 보이지 않고
> '나'는 없어졌다
> 〔……〕
>
> 애찬의 식탁에서
> 밀알들이 삼킨 해 조각들 둥글게 모였다
> 밀떡에서 뜨는 해 한 덩이! 눈부시다
> 햇살 끝에 매달린 눈물방울,
> 그 처연한 슬픔까지도.
> ──「0時에서 0時 사이─둥근 밀떡에서 뜨는 해」부분

밀의 일생이다. "해 조각을 베어 물고" 자라나고, 또 익었지만 결국 방앗간으로 들어가 황금빛 생애를 마감한 밀, 이 과정을 보는 시선에는 당연히 두 가지가 있을 수 있다. 하나는 허무이며, 다른 하나는 보람이리라. 밀의 입장에서

결과만을 압축할 때 전자의 의식이 오기 쉽고, 한 알의 밀알이 썩어 타자에게 큰 기여를 한다는 관점에서 볼 때 후자의 의식이 존중된다. 말을 바꾸면, 결과론 대 의미론일 수 있다. 여기서 이 시인은 의미론의 자리로 가는데, 중요한 것은 밀알이 밀떡이 되어 사람들에게 풍성한 식탁을 제공한다는 공리와 헌신의 명제를 추상적, 당위론적으로 따르고 있지는 않다는 점이다. 다시 읽어보자, 그의 여린 눈망울이 머문 곳은 "햇살 끝에 매달린 눈물방울"이며 "그 처연한 슬픔까지도"이다. 0시에서 0시로 돌아올 수밖에 없는 원형과 순환의 시간 속에서 인생과 우주는 동일한 운동을 반복할지 모르지만, 그 안에 갇힌 듯한 모든 생명체, 아니 모든 물질의 내부에는 거대한 생명의 신비가 숨쉬고 있다는 사실에 시인은 끝없이 감격하고 있는 것이다. 이 감격이 김길나의 시의 활력이며, 읽는 이의 전율로 전염된다. 모든 좋은 시에는 이러한 활력과 전율이 있다. 그리고 그것은 비록 의미 없어 보이는 타락한 세상과 철면피한 물질까지도 촉촉한 물기로 젖게 한다. 시인은 그 시작과 끝, 그 기쁨과 슬픔을 생명의 총체성으로 보고자 했던 것 같다. 그런 의미에서 이 시인의 시는 알레고리로서의 귀중한 독법을 우리에게 제공한다. ▨